柴田元幸翻訳叢書
ジャック・ロンドン

犬物語

DOG STORIES BY

| JACK LONDON |

Selected and translated by Shibata Motoyuki

スイッチ・パブリッシング

柴田元幸翻訳叢書 ― Jack London ― 目次

Cover photograph by Jim Brandenburg

ブックデザイン　緑川　晶

DOG STORIES BY

| JACK LONDON |

Selected and translated by Shibata Motoyuki

柴田元幸翻訳叢書

ジャック・ロンドン

犬物語

ブラウン・ウルフ
Brown Wolf

草が朝露に濡れていて、靴の上にオーバーシューズを履いた分遅くなったせいで、彼女が家から出ると、待っていた夫は開きかけたアーモンドのつぼみの驚異にすっかり没頭していた。彼女は高い草の向こう、果樹園の木々の内外に、探るような視線を投げた。

「ウルフはどこ？」と彼女は訊ねた。

「ついさっきまでここにいたよ」。開花という生命の奇跡の神秘と詩情からハッと我に返って、ウォルト・アーヴィンもあたりを見回す。「さっき見たときは、兎を追いかけてた」

「ウルフ！　ウルフ！　おいで、ウルフ！」と彼女が呼びかけながら、二人は開けた地を出て山道に入っていき、鐘型の花冠（かかん）をたたえたウラシマツツジのジャングルを抜けて郡道に出た。

アーヴィンも両手の小指を唇につっ込み、ピューッと甲高く吹いた。

彼女はあわてて耳をふさぎ、苦笑気味に顔をしかめた。

「やれやれ！　繊細な耳やら何やらを誇る詩人にしては美しくない音を立てるのね。鼓膜に穴が開きそうよ。あなたの口笛ときたら――」

「オルフェウス〔竪琴の名手〕にも優る」

「そこらへんの浮浪児よりやかましいって言おうとしたのよ」と彼女は厳しく言い放った。

「詩を書くからって、実際的になれないわけじゃないさ。少なくとも僕はそうだ。珠玉の作を雑誌に売り込めもしない、空しい天才なんかじゃない」

おどけて極端さを装い、さらに続ける――

「僕は屋根裏の歌い手でも、舞踏会の囀（さえず）り屋でもない。なぜか？　現実感覚があるからさ。一銭にもならない、むさくるしい歌を書いたりはしない。僕の詩はしかるべき交換価値を有し、それが花の冠をたたえたコテージ、かぐわしい高原、アカスギの林、三十七本の木が植わった果樹園、ブラックベリーの長い一列とストロベリーの短い二列、さらには五百メートルに及ぶせせらぎに変容する。愛しいマッジよ、僕は美の商人、歌を売る者であり、実益を追求する者なのさ。僕が歌を歌えば、雑誌の編集者のおかげでその歌が、僕たちのアカスギの林を漂い抜ける西風の溜め息に、苔むした石の上を流れる水の呟きに変容する。その呟きがまた僕に新たな歌を歌ってくれる——さっき僕が歌ったのとは違う、かつ同じ歌の麗しき変容たる歌を！」

「おお、汝の歌が変容したものたちも、みな同じく良きものであったら！」彼女は笑って言った。

「良くなかったものがあるかい？」

「あなたがあの美しいソネット二編を変容させた牛、この郡区で最悪の乳牛って言われたわよね」

「美しい牛だったじゃ——」

「でも乳は出なかった」とマッジは夫をさえぎって言った。

「でも美しい牛ではあったよね？」と夫も言いはった。

「ここにおいて美と実益は仲違（なかたが）いする」と彼女は答えた。「いたいた、ウルフだ！」

茂みに覆われた山腹から下生えがバリバリ鳴る音が聞こえ、それから、彼らの十メートルあまり上、切り立った岩壁の縁に、狼の頭と肩が現われた。踏んばった前足が小石を一個押し出し、耳をぴんとそばだて目を光らせたその生き物は、小石が二人の足下に落下するのを見守った。それから視線を移して、口を開き下の二人に向けて笑い声を発した。

「ウルフ！　おーい、ウルフ！」「可愛いウルフ！」男と女はそれぞれ呼びかけた。

それを聞いて耳がへたっと下がり、頭は撫でてくれる見えない手にすり寄った。

ウルフがとっとっと茂みに戻っていくのを見届けてから、二人は先へ進んだ。何分かして、山道の曲がり目、勾配がそれほど急でないところで、小石や土のミニチュアの雪崩に包まれてウルフは二人の許に戻ってきた。愛情をやたら外に出したりはしない。男に耳の周りをぽんと叩かれ撫でられ、女のもう少し長い愛撫を受けると、さっさと山道を先へ行って、まさしく狼の風格で、軽やかに大地を進んでいった。

体格、毛皮、尾においては、巨大なシンリンオオカミ。けれど色と模様を見れば、狼でないことは知れた。まぎれもなく犬である。こんな色をした狼はいない。茶色なのだ——焦げ茶、赤茶、茶色の饗宴。背中と肩は温かみのある茶、それが脇腹や下腹では薄くなって黄色に変わるが、茶色がまだ残っているせいで何となく黒ずんでいる。喉、足先、目の上のまだらの白も、執拗にして消しがたい茶色のせいで薄汚く、目そのものは金と茶から成る一対のトパーズだった。

男も女も犬をたいそう愛していた。それは、彼の愛を勝ちとるのにおそろしく難儀したからかもしれない。彼らが住む山中のささやかなコテージに、彼が初めてどこからともなく現われたときから、話はおよそ簡単には進まなかった。足は疲れ、腹も空かせた犬は、二人の鼻先、軒先で兎を殺し、それからブラックベリーの茂みに面した泉のほとりまで這っていって眠った。侵入者の様子を見にウォルト・アーヴィンが行ってみると、相手は歯を剝いてうなるばかりで、和平の贈り物にとパンとミルクを大きな平鍋に入れて持っていったマッジにも、やはり歯を剝きうなり声を浴びせた。

何ともつき合いの悪い犬だった。どう寄っていっても敵意をあらわにするし、二人が触ろうとしても拒み、牙をむき出し毛を逆立てて威嚇した。それでもとにかく犬はそこにとどまって、泉のほとりで眠って休み、二人が安全な距離に置いていく食べ物を彼らが立ち去ったあとに食べた。その痛ましい肉体の様子を見れば、立ち去らないことも納得できた。何日か滞在し、回復すると、姿を消した。

普通ならこれで話は終わっていたことだろう。ところがちょうどその時期、アーヴィンは用事が出来て州の北部に呼ばれた。汽車に乗っていて、カリフォルニアとオレゴンの州境近くでふと窓の外を見ると、あのつき合いの悪い客が、荷馬車用の道を滑るように進んでいるではないか。茶色い体は狼のごとく、疲れてはいても疲れを知らぬ、三百キロを旅してきた身は埃に覆われ土で汚れていた。

さて、アーヴィンは衝動の人である。彼は詩人なのだ。次の駅で汽車を降りて、肉屋で肉の塊を買い、町はずれでこの放浪者を捕獲した。荷物車両に乗って帰路につき、かくしてウルフは山中のコテージを再訪することとなった。一週間のあいだ、綱でつながれ男と女に求愛された。とはいえそれはきわめて用心深い求愛であった。犬は別の天体からやって来た旅人のごとく、よそよそしく、馴染まず、優しく発された愛の言葉もうなり声でかき消すのみだった。絶対に吠えはしなかった。二人が共に過ごしたあいだずっと、彼らの前で吠えたことは一度もなかった。

彼の心を勝ちとることが、一個の難題となった。そしてアーヴィンは難題を好んだ。金属の名札を作って、**この犬を見つけた方はカリフォルニア州ソノマ郡グレン・エレン在住ウォルト・アーヴィンまでお返しください**と刻ませた。これを首輪にリベットで留め、犬の首にかけた。そうして放してやると、犬はたちまち姿を消した。一日経って、メンドシーノ郡から電報が届いた。二十時間で北へ一五〇キロ以上進んだのであり、捕まったときもさらに先へ行こうとしていた。

彼はウェルズファーゴ急送便で戻ってきて、三日のあいだ綱につながれ、四日目に放たれると、また姿を消した。今回は南オレゴンまでたどり着いたところで捕まって連れ戻された。いつもかならず、自由を得たとたんに逃げ出し、いつもかならず北へ逃げた。己を北へ北へと追いやる観念にこの犬は憑かれている。帰巣本能だな、とアーヴィンは、ソネット一作の売上げを北オレゴンから彼を連れ戻すのに注ぎ込んだあとで言った。

またあるとき、茶色い放浪者はカリフォルニアを半分走り、オレゴンをまるごと抜け、ワシントンもほぼ走破した時点でやっと捕らえられて「着払い」で戻ってきた。その旅の速さは驚くべきものだった。腹を満たし、休息もとると、解き放たれたとたん、とにかく先へ先へ行くことに全精力を注いだ。第一日目に二五〇キロ近く踏破したこともあり、それ以降も捕まるまで一日平均一五〇キロをこなした。帰ってきたときはいつも痩せて腹を空かせて野蛮であり、去っていくときはいつも溌剌として元気一杯、己の核から湧いてくる誰にも理解できぬ促しに応えて北へ道を切り拓いていった。

だがとうとう、一年にわたって空しく逃げつづけた末に、彼も運命を受け容れるに至り、初めて訪れた際に兎を殺し泉のほとりで眠った地のコテージにとどまることを選んだ。そのあともなお、男と女が彼を撫でることに成功するまでにはずいぶん時間がかかった。それは大きな勝利であった。二人以外は誰も彼に触らせてもらえなかったのだ。実に厳しく相手を選び、コテージを訪れた誰一人近寄らせようとしない。近づけば低いうなり声に迎えられ、それでも臆せずもっと近づく者がいれば、唇が持ち上がって剝き出しの牙が現われ、うなり声にはっきり敵意がこもる。その声のあまりの恐ろしさ、あまりの反感に、どんなに勇敢な者でもさすがに怖じ気づいた。近所の農場で飼われている犬たちもそれは同じで、普通の犬のうなり声なら知っている彼らも、狼が牙を剝いてうなる姿を見るのは初めてだったのである。

過去のない犬だった。彼の歴史はウォルトとマッジとともに始まった。南から逃げてきたことは確かなようだが、かつての持ち主については何の手がかりも得られなかった。すぐお隣の、牛乳を供給してくれるジョンソン夫人は、これははるか北、クロンダイクの犬だと断じた。弟がかの辺境に行っていて凍りついた鉱脈を求め日々大地を掘っているので、我こそクロンダイクの権威なりと夫人は自負していたのである。

だが二人も彼女に反論はしなかった。ウルフの耳の先っぽを見れば、かつてひどい凍傷にかかったことは一目瞭然であり、二度と完全には治りそうになかったのである。それにウルフは、新聞雑誌で見るアラスカの犬たちの写真にも似ていた。二人はしばしば彼の過去について思いをめぐらし、読んだり聞いたりしたことを元に、北の地での暮らしがどんなものだったかを想像しようとした。北の地にいまなお彼が惹き寄せられていることは二人も承知していた。夜になると時おり小声で鳴くのが聞こえたし、北風が吹いて刺すような寒気（かんき）があたりに漂うと、ひどく落着かぬ様子になって、悲しげなむせび泣きを発する。その長くのびた叫びが狼の叫びであることが二人にはわかった。それでも彼は、絶対に吠えなかった。どんな挑発も、彼から犬らしい吠え声を引き出しはしなかった。

彼の心を勝ちとろうと努めた時期、これは誰の犬かという問題をめぐって二人はさんざん議論した。夫も妻も自分の犬だと主張して譲らず、彼が自分に向けて発した愛情表現をそれぞれ声高に言い立てた。当初は夫の方が優勢であった。その主たる理由は、彼が男だからということに尽きる。ウルフは明らかに、女性に接した経験を持たなかった。彼は女性というものを理解しなかった。マッジのスカートを、彼はいつまで経っても受け容れなかった。その衣擦れの音を聞いただけで怪しんで毛を逆立てるものだから、風の強い日などマッジは彼に近づけもしなかった。

一方、彼に食べ物を与えるのはマッジだった。そしてキッチンに君臨しているのもマッジであり、彼女の――ひとえに彼女の――好意でウルフもその聖域に入ることを許されているのである。こうした利点ゆえに、彼女が衣服のハンディを克服する見込みも十分あった。だがウォルトもいっそう努力して、執筆中はかならずウルフを足下に座らせるようにし、撫でたり話しかけたりに仕事の時間をずいぶん割いていた。結局勝利を収めたのはウォルトだった。おそらく主因は彼が男であるという事実だったのだろう。だがマッジはこう断じた――かりにウォルトが歌の変容にしかるべく精力を注ぎ、ウルフにちょっかいを出さず犬が生来（せいらい）の嗜好と偏りなき判断力をはたらかせるに任せていたら、きっとせせらぎがあと五百メートル手に入っただろうし、アカスギの木立にも最低あと二つ西風がそよいでいるはずだ、と。

「そろそろ例のトリオレ〔abaaabab と韻を踏むフランス風の八行詩〕の連絡があるころだな」とウォルトは、二人で山道を五分間黙々下った末に言った。「郵便局に小切手が届いてるはずだ。僕たちはそれを美しいソバ粉と、メープルシロップ一ガロンと、君の新しいオーバーシューズに変容させるんだ」

「それとミセス・ジョンソンの美しい牛の美しい乳にもね」とマッジが言い足した。「明日は一日だもの」

ウォルトは無意識に怖い顔になった。それからその顔がパッと明るくなり、片手で胸ポケットを叩いた。

「それには及ばない。僕のここに、新しい素敵な美しい牛がいるんだよ。カリフォルニア最高の乳牛さ」

「え、いつ書いたの？」と彼女も目を輝かせて訊いた。それから、責めるように「あたしに見せてくれなかったじゃない」と言い足した。

「郵便局へ行く途中の、書いたのとそっくりの場所で読んで聞かせようと思ったのさ」とウォルトは言って手をさっと振り、座るのに好都合な乾いた丸太を指した。

ごく細い小川が、シダがびっしり生えた茂みから出てきていて、へりが苔むした石の上を滑るように流れ落ち、二人の足下の山道を通っていた。谷間からマキバドリの柔らかな歌声が立ちのぼり、二人の周りでは大きな黄色い蝶たちが羽をはためかせて、日なたと日蔭を行ったり来たりしていた。

下の方から別の音がして、ウォルトが小声で原稿を朗読しているところへ邪魔に入った。重たい足がざく、ざくと土を踏む音で、時おり石ころの転がる音が合いの手に入る。ウォルトが読みおえ、賛辞を期待して妻の方を向くと同時に、一人の男が山道の曲がり目のところに現われた。帽子をかぶっておらず、汗をかいている。片手に持ったハンカチで顔を拭き、もう一方の手には新品の帽子と、首から外したのだろう、糊を効かせたもののいまやへたっとくたびれたカラーを持っていた。立派な体格の男で、痛々しいほど新しい黒の既製服から、いまにも筋肉が飛び出してきそうだった。

「こんちは、暖かいですね」とウォルトは男に挨拶した。田舎流の民主主義を信奉している彼は、それを実践する機会を決して逃さなかったのである。

男は立ちどまってうなずいた。

「どうも、暖かなのには慣れておりませんで」と男はなかば謝るように言った。「どちらかというと、極寒の気候が染みついておりまして」

「この地方ではそういうのはお目にかかりませんよ」とウォルトは笑って言った。

「そうでしょうな」と男は答えた。「まあこっちも、そういうのを捜してるわけじゃありません。私、姉を捜しておりまして。もしかしてどこに住んでるか、ご存じないですかね。ジョンソンといいます。ミセス・ウィリアム・ジョンソン」

「え、じゃああなた、クロンダイクの弟さん?」とマッジは叫んだ。興味津々、目が輝いている。「お話、いろいろ伺ってますわ」

「ええ、私です」と男は慎み深く言った。「ミラーと申します。スキフ・ミラーです。ちょっと姉を驚かせてやろうと思いまして」

「ならこの道で合ってますよ。山道を通っていらしたわけですけど」。マッジは立ち上がり、五百メートルばかり離れた峡谷を指さした。「あそこの枯れたアカスギ、見えます？　右に曲がってる細い道を行くといいです、お姉様のお宅への近道だから。すぐわかりますよ」

「はあ、どうもご親切に」と男は言った。そしてためらいがちに立ち去ろうとしたが、なぜかその場にぎこちなく釘付けになっている様子だった。自分ではまったく意識していないのだろうが、マッジにぽかんと見とれている。そのほれぼれと崇める思いが、本人と一緒になって、どんどん水かさを増していく気まずさの海で溺れかけている。

「クロンダイクのお話、お聞きしたいわ」とマッジが言った。「お姉様のところに滞在なさっているあいだ、お邪魔してもいいでしょうか？　それともいっそ、うちへ食事にいらっしゃいませんか？」

「はあ、どうもご親切に」と男は機械的に呟いた。それからハッと気がついて、こう言い足した――「いえあの、長くはおりませんで。また北へ向かわないといかんのです。今夜の汽車に乗ります。政府と契約して、郵便配達を請け負っておりまして」

それは残念だわ、とマッジが言うと、男はふたたび立ち去ろうとあがいた。だが彼はマッジから目を離せなかった。ぽかんと見とれるあまり気まずさも忘れ、今度はマッジの方が、顔を赤らめ居心地悪く思う番だった。

ここは何か言って緊張を和らげないと、とウォルトが思ったのと同時に、藪に鼻をつっ込んでいたウルフが、狼のごとき足どりで視界に入ってきた。

スキフ・ミラーの上の空の表情が消えた。目の前の可愛い女性はもはや目に入らなくなった。目はひたすら犬に向けられ、大きな驚きの表情が顔に浮かんだ。

「こいつはたまげた！」と男はゆっくり、おごそかに言い放った。

男は考え深げに、マッジを立たせていることも忘れて丸太に腰かけた。彼の声を聞いて、ウルフの耳がへたっと平らになり、それから口が、笑っているみたいに開いた。とっとっとゆっくり、見知らぬ男の許にウルフは駆けていき、まず彼の手の匂いを嗅いでから、その手をぺろぺろ舐めた。

スキフ・ミラーは犬の頭を撫でてやり、ふたたびゆっくり、おごそかに「こいつはたまげた！」と言った。

「これはどうも失礼」と男は次の瞬間に言った。「いやその、何しろびっくりしたものですから」

「私たちも驚きましたわ」とマッジは明るく言った。「ウルフがこんなふうに、知らない人に寄っていったの、初めて見ましたもの」

「そう呼んでらっしゃるんですか――ウルフと？」と男は訊いた。

マッジはうなずいた。「でもわかりませんわ、どうしてあなたになつくのか――ひょっとしてクロンダイクの方だからかしら。この犬、クロンダイクの生まれなんです」

「そうです」とミラーはろくに聞いていない様子で言った。そしてウルフの前足の一方を持ち上げ、足の裏を親指で押したり凹ませたりして調べた。「ちょっと柔らかいな」と男は言った。「長いこと雪道走ってないからな」

「すごいですよ」とウォルトが口をはさんだ。「ふだんはこの犬、人にそんなふうに触らせたりしないんですよ」

スキフ・ミラーは立ち上がった。もはやマッジに見とれた気まずい思いもなかった。そして鋭い、事務的な口調で「いつからここにいるんです？」と訊いた。

ところがそのとき、来たばかりの男の脚にもぞもぞ体をすりつけていた犬がいきなり口を開き、ワンと吠えた。短い、悦ばしげな音が一瞬ほとばしり出ただけだったが、とにかく吠えたのである。

「これは初めてだな」とスキフ・ミラーは言った。

ウォルトとマッジは目を丸くして顔を見合わせた。奇跡が起きたのだ。ウルフが吠えたなんて。

「初めてだわ、この子が吠えたの」とマッジが言った。

「私も初めて聞きました」スキフ・ミラーも言った。

マッジは彼を見てにっこり笑った。明らかにこの男にはユーモアのセンスがある。

「そりゃそうよ」とマッジは言った。「初めてご覧になってから五分と経ってないんですもの」

スキフ・ミラーはきっと鋭い目でマッジを見た。彼女の言葉に何か裏の、陰険な意味があるのかと、その顔から真意を探ろうとした。

「おわかりいただいたかと思ったんですが」とミラーはゆっくり言った。「こいつが私に寄ってきたのをご覧になって、お気づきになったかと思ったんですが。こいつは私の犬です。名前もウルフじゃありません。ブラウンです」

「まあどうしよう、ウォルト！」とマッジはとっさに夫に向かって叫んだ。

ウォルトはすぐさま防御に回った。

「どうしてあなたの犬だってわかるんです？」と彼は喧嘩腰で訊いた。

「私の犬だからです」と答えが返ってきた。

「そんなの、ただ言いはってるだけじゃないか」とウォルトがきつい口調で言った。

いままでと同じ、ゆっくりした、考え込むような様子でスキフ・ミラーはウォルトを見て、それから、マッジをあごで指しながら訊いた──

「あなたどうやってわかるんです、この人があなたの奥さんだって？　あなただって『僕の妻だからだ』って言うだけで、私も『そんなの、ただ言いはってるだけじゃないか』と言いますよ。この犬は私のです。生まれたときから私が育てたんですから、そのくらいわかります。証拠を見せましょう」

スキフ・ミラーは犬の方を向いた。「ブラウン！」。その声は鋭く響きわたり、それを聞いて犬の耳が、優しく抱きかかえられでもしたみたいにだらんと垂れた。「右(ジー)！」。犬はぐいっと右に体を回した。「まっすぐ（マッシュ＝オン）！」。すると犬は体を回すのをパッとやめてまっすぐ前へ進み、命じられるとまた大人しくぴたっと止まった。

「口笛で操れます」スキフ・ミラーは誇らしげに言った。「私の橇の、先導犬だったんです」

「でも、この子を連れていってしまうんじゃありませんよね？」とマッジが震える声で訊いた。

連れていく、と答える代わりにミラーはうなずいた。

「恐ろしい、苦しみしかないクロンダイクに連れ戻すの？」

ミラーはうなずき、言い足した――「いや、そんなにひどかないですよ。私をご覧なさい。けっこう元気そうでしょう？」

「でも犬たちは！　厳しい暮らし、胸が裂けそうなくらい辛い仕事、飢え、寒さ！　知ってますよ、あたしだっていろいろ読んだから」

「一度、もう少しでこいつを食べてしまいそうになりましたよ、リトルフィッシュ川でね」とミラーが厳めしい声で言った。「あの日ヘラジカを仕留めたんで、何とかそうせずに済みましたが」

「あたしなら自分が先に死ぬほうがいいわ！」とマッジが叫んだ。

「ここは違うんです」とミラーは説いた。「ここでは犬を食べる必要なんかない。どうしようもなくなったら、考えも変わります。あなた方、どうしようもなくなったことなんてないでしょう。だからあなた方は何もわかっちゃいないんです」

「まさにそこよ」とマッジは熱くなって言い返した。「カリフォルニアじゃ犬を食べたりしないのよ。ここにこの子を置いていけばいいじゃない？　この子はここで幸せなのよ。ここにいれば食べ物にも困らない——それはわかるでしょう。寒さも、辛い暮らしも味わわなくていい。ここでは何もかもが柔らかくて、穏やかなのよ。人間も自然も、残酷じゃない。ここにいれば二度と鞭に打たれなくて済む。それに天気だって——雪なんて絶対降らないのよ」

「だけど夏は火みたいに暑いんですよね」スキフ・ミラーは笑った。

「あなた、あたしの言ったことに答えてないわよ」とマッジはなおも熱っぽく言った。「北に連れてって、この子に何を与えてやれるのよ？」

「食い物があれば食い物。たいていはあります」と答えが返ってきた。

「ないときは？」

「食い物なしです」

「で、仕事は？」

「仕事は、どっさりあります」とミラーは苛立たしげに言い捨てた。「はてしない仕事、飢え、寒さ、その他もろもろの辛いこと、私と来ればそういうのが待ってます。でもこいつはそれが好きなんだ。そういうのに慣れてるんです。そういう暮らしを知ってるんです。そういうのに生まれついて、そういうので育てられたんです。あんたがたはそれについて何も知らない。自分が何を言ってるのかもわかってない。この犬はそういう世界の犬なんです、そこにいるのが一番幸せなんです」

「この犬は行かせない」ウォルトが断固とした声で宣言した。「だからこれ以上話しあう必要はない」

「何だって?」とスキフ・ミラーはきつい声で言った。眉が厳めしく引き下げられ、血がのぼってきて額を赤くした。

「この犬は行かせない、と言ったんだ。それで決まりだ。この犬があんたのものだなんて僕は信じない。おおかた、前にどこかで見かけたんだろう。もしかしたら、持ち主に代わって、橇を引かせたことだってあるかもしれない。だけど、アラスカの山道でどの犬も叩き込まれる命令にこいつが従うからって、あんたの犬だって証拠にはならない。アラスカの犬ならみんな同じように従ったはずさ。だいいち、この犬は間違いなく値打ちのある犬だ。アラスカに行けばきっと高い値がつく。だからあんたもこの犬を自分のものにしたがるんだろう。とにかく、所有権を証明してもらわないと」

落着き払ったスキフ・ミラーの、額の執拗な赤味がさらに濃さを増し、黒い上着の下で筋肉ははちきれんばかりに膨らんでいた。クロンダイクから来た男は、詩人を、そのほっそりした身の力を値踏みするかのようにしげしげ眺めわたした。

やがて男の顔に軽蔑が浮かび、彼は言った。「どうやら、私がこいつを連れてくのを妨げるものは何もないようですな」

ウォルトの顔が赤くなり、腕や肩の筋肉が硬くこわばるように見えた。妻が心配して、矢おもてに立とうと口を開いた。

「ミスタ・ミラーの言うとおりかもしれないわ」と彼女は言った。「残念ながら、どうもそうみたいだわ。ウルフはこの人のこと知ってるみたいだし、たしかに『ブラウン』と呼べば答える。すぐに仲よくなったし、いままで誰の前でもやったためしのないことを、この人の前ではやった。それに、さっきの吠え方。嬉しくてたまらなそうな吠え方だったわ。何が嬉しいの？どう考えても、ミスタ・ミラーとまた出会えたことがよ」

ウォルトの筋肉の力が抜け、肩は打ちひしがれてだらんと垂れた。

「君の言うとおりだね、マッジ」と彼は言った。「ウルフはウルフじゃなくて、ブラウンだ。ミスタ・ミラーの犬にちがいないよ」

「で、もしかしたら、ミスタ・ミラーが売ってくださるんじゃないかしら」とマッジは持ちかけた。「あたしたちが、買えばいいのよ」

スキフ・ミラーは首を横に振った。もはや喧嘩腰ではなく、優しげで、鷹揚さには鷹揚さで応じるという様子だった。

「私には犬が五匹いました」と彼は、拒絶を和らげる一番容易な言い方を探りながら言った。

「こいつが先導犬でした。こいつらはアラスカ一のチームでした。何が来てもへっちゃらでした。一八九八年、チームごと五千ドルで買うと言われましたが断りました。まあそのころは犬も高かったです。でも相場が高いってだけじゃ五千ドルにはなりません。チームがすごかったんです。ブラウンは中でも最高でした。その冬、こいつ一匹に一二〇〇ドル出すと言われましたが断りました。あのときに売らなかったし、いまも売りません。それにこいつは、私にとってものすごく大切なんです。三年間、ずっと捜してました。こいつが盗まれたとわかったときは本当に辛かったです――こいつの値段じゃありません、そうじゃなくて、つまり、私はね、こいつのことが大好きなんだ、それだけなんです。さっきこいつを見て、わが目を疑いましたよ。夢じゃないかと思いました。話が上手すぎるって思った。私はね、こいつの乳母だったんです。毎晩、心地よく寝かしつけてやったんだ。こいつの母親が死んだんで、コンデンスミルクを一缶二ドル出して買って、こいつに飲ませたんです。自分のコーヒーに、そんな贅沢できるわけない。こいつは私以外に母親を知らないんです。いつも私の指をちゅうちゅう吸ったもんです、ここの、この指を！」

そしてスキフ・ミラーは感極まってそれ以上喋れず、人差し指を一本かざして彼らに見せた。

「この指です」と彼はどうにか言った。それが所有権の証しであり愛情の絆の証しであるかのように。

のばした自分の指をなおも彼が見ていると、マッジが口を開いた。

「でも犬のことは」と彼女は言った。「あなた、犬のことを考えていないわ」

スキフ・ミラーは戸惑った顔になった。

「この子のこと、考えたことあります？」とマッジは訊いた。

「わかりませんね、何の話か」

「犬にも、選ぶ権利はあるんじゃないかしら」とマッジはさらに言った。「この子にだって、好みや望みがあるんじゃないかしら。あなた、この子のこと考えてないわ。この子に選ぶ権利を与えていないのよ。この子がアラスカよりカリフォルニアを好むかもしれないなんて、あなた考えたこともないでしょう。あなたは自分の好みしか考えてないのよ。袋入りのジャガイモとか、乾草の梱とかとおんなじようにこの子を扱ってるのよ」

これは新しい発想だ。ミラーは見るからに感じ入りつつ、頭の中で一人議論を戦わせていた。その迷いに、マッジは攻め込んだ。

「もしあなたがこの子のことを本当に愛してるなら、この子にとっての幸せが、あなたにとっての幸せにもなるはずだわ」

スキフ・ミラーは依然、自分相手に議論している。マッジが勝ち誇ったまなざしをチラッと夫の方に向けると、夫も温かい是認のまなざしを返した。

「どう思います？」とクロンダイクの男が突然、切羽詰まった口調で訊いた。

今度はマッジが面喰らう番だった。「どう思うって？」

「こいつがカリフォルニアにいたがってると思います？」

マッジはきっぱりうなずいた。「絶対そう思うわ」

スキフ・ミラーはふたたび自分と議論したが、ただし今回はそれを声に出し、同時に、議論の対象たる動物を、公正に判断するような目で眺めわたした。

「こいつはよく働く。いままで俺のためにものすごくよく働いてくれた。サボったことは一度もないし、未熟なチームを鍛え上げる腕前も超一流だ。とにかく頭がいい。喋る以外は何だってできる。こっちの話は全部わかる。いまだってそうだ。自分のことを話してるってわかるんだ」

犬はスキフ・ミラーの足下に腹をつけて座り、頭を前足のそばまで下げ、耳をぴんと立てて聴き入り、目は唇からこぼれる音一つひとつを熱心にたどっている。

「そしてこいつはまだまだ働ける。あと何年も元気でやれる。そして俺はこいつが好きだ。こいつのことが大好きだ」

それから一、二度、スキフ・ミラーは口を開け閉めしたが何も言わなかった。やがて、こう言った――

「こうしようじゃありませんか。奥さん、あなたのおっしゃることにも一理あります。この犬はさんざん働いてきたから、もうこれからはふかふかの寝床で休む権利があるかもしれないし、選ぶ権利だってあるのかもしれない。とにかく、こいつに任せることにしましょう。こいつがどう言おうと、それに決めるんです。あんたたち二人はここにそのまま座っていてください。私は別れを告げてさりげなく立ち去ります。もしこいつがとどまりたければとどまればいい。

私と一緒に来たければ来ればいい。一緒に来い、と私は言わないし、あなた方も、戻ってこいと言っちゃいけません」

彼は突如、疑わしげな顔でマッジを見て言った——「とにかくフェアにやってくれなくちゃいけません。私が背中を向けたあとに口説いたりしちゃいけませんよ」

「フェアにやります」とマッジが言いかけたが、スキフ・ミラーは彼女が請けあう言葉に割って入った。

「女の人のやり方は知ってます」と彼は言った。「心が柔らかいからね。心に何かが触れると、カードをごまかして、札の山の裏を覗いて、こう言っちゃ何だが悪魔みたいに嘘をつく。あくまで女の方々全般について言ってるだけですが」

「どれだけお礼を申し上げたらいいか」マッジの声が震えていた。

「べつにお礼を言っていただかなくても」と彼は答えた。「ブラウンの奴、まだ決めてないいんですから。で、私がゆっくり歩くのは構いませんよね？　それくらいはフェアだと思うんですよ、百メートルも行かないうちに見えなくなっちまうわけですから」

マッジも同意して、こう言い足した——「あたしも約束します、あたしたち、この子に影響を与えるようなことはいっさいしないって」

「それじゃあ、まあ、そろそろ行きましょうかね」とスキフ・ミラーは、ごく普通に立ち去る人間の口調で言った。

男の声がそのように変わると、ウルフはさっとすばやく顔を上げ、男が女と握手をするともっとすばやく立ち上がった。うしろ足で跳び上がって、前足をマッジの腰に当て、と同時にスキフ・ミラーの手を舐めた。ミラーが今度はウォルトと握手すると、ウルフはその動作をくり返し、体重をウォルトにかけて両方の男の手を舐めた。

「これってね、全然楽じゃないんですよ、ほんとに」――クロンダイクの男が回れ右して山道をゆっくり上がっていく際の、これが最後の言葉だった。

男が五、六メートル進むあいだ、ウルフは彼が去っていくのを見守った。男がふり向いて戻ってくるのを待っているのか、期待を顔にみなぎらせている。それから、短く低い鳴き声を上げながら跳び上がって男を追い、男に追いつき、その片手を、しぶしぶの優しさとともに歯でくわえ、彼を立ちどまらせようと穏やかに引っぱった。

だがこれも功を奏さず、今度はウォルト・アーヴィンがいるところに駆け戻って、歯でその上着の袖を捕らえ、立ち去っていく男の方へウォルトを引きずっていこうと空しくあがいた。

ウルフの戸惑いは募っていった。彼は一度にあらゆる場所にいたいと思った。前の主人と今の主人、その両方と同時に一緒にいたかった。なのに彼らの距離はどんどん増していく。ウルフはすっかり動揺し、興奮して跳び回り、一方へ行ったと思うと今度はもう一方に行き、決めかねているその様子は何とも痛々しく、両方を望んで選べず、短く鋭い鳴き声を上げてハアハア喘ぎ出した。

ウルフは不意にべたっと座り込み、鼻を上に突き出し、口をがくんがくんと開け閉めし、開閉はどんどん大きくなっていった。その動きは喉をくり返し襲う痙攣と同期していて、痙攣の方もくり返すたびにますます強く、激しくなっていく。口の動き、喉の痙攣に合わせて喉頭が震えはじめ、はじめは音もなく、肺から押し出される空気が飛び出してくるのみだったが、やがて太い、低い、人間の可聴範囲の一番下の方に属する音が伴っていった。これはすべて、本格的な咆哮に至る前の神経と筋肉の下準備だった。

ところが、咆哮がいまにも喉全体からほとばしり出るかというところで、大きく開いた口が閉ざされ、痙攣が止み、ウルフは去っていく男を長いあいだじっと見た。そして突然首を回し、肩ごしに等しくじっとウォルトを見つめた。その訴えにも、応えはなかった。いかなる言葉も合図も犬には与えられなかった。どうふるまうべきか、何の示唆も手がかりももらえなかった。

かつての主人が、山道の曲がり目に近づいたあたりに目を戻すと、犬はふたたび激しく動揺した。跳び上がってクーンと哀れっぽく鳴き、それから、新しい案を思いついて、マッジに目を向けた。この時点までウルフは彼女を無視していたが、どちらの主人にも裏切られたいま、残るは彼女だけだった。ウルフは彼女の許に行って、その膝に頭をすりつけ、鼻で彼女の腕をそっと押した――何かねだるときにいつも使う手である。それから一歩離れて、おどけて身をよじらせ、ねじり、跳ね、躍り、なかばうしろ足で立って前足で地面を叩き、目で誘い耳を垂らし尻尾を振り、と全身を駆使して、己のなかにある、だが言葉にする力は与えられていない思いを懸命に表現した。

が、じきにこの戦法も捨てた。いままで冷たかったことのないこれら人間たちの冷たさに、すっかり気が萎えてしまっていた。彼らから何の反応も引き出せないし、何の助けも得られない。彼のことなど誰も考えていない。三人とも、死んでいるも同然だ。

ウルフは向き直り、かつての主人の後ろ姿を黙って目で追った。スキフ・ミラーはいままさに山道を曲がっている。次の瞬間にはもう、視界から消えてしまうだろう。なのに男はふり向きもせず、ゆっくり黙々と、一歩一歩規則正しく進んでいく。自分のうしろで何が起きているかなど、まったく興味がないみたいだった。

このようにして、男は視界から姿を消した。ウルフは彼がふたたび現われるのを待った。長いこと、黙って、静かに、石になったかのように——ひたむきさと欲求とを抱えた石ではあれ——ぴくりとも動かず待った。そして一度ワンと吠え、待った。それからまた向き直り、とっとっとウォルト・アーヴィンの方に歩いて戻っていった。くんくんとウォルトの手の匂いを嗅ぎ、その足下にどさっと座り込んで、山道が曲がって視界から空しく消えるあたりを眺めた。

苔むした石の上を流れ落ちていく細い小川が、突然そのせせらぎの音を高めたように思えた。マキバドリの声以外、何の音もしなかった。大きな黄色い蝶たちが陽光のなかをひっそり漂っていき、眠たげな日蔭に溶けていった。マッジは勝ち誇った目で夫を見た。

何分かして、ウルフが立ち上がった。熟考と決断がその動きに表われていた。彼は男と女を見はしなかった。目はじっと向こうの山道に注がれていた。決心はついていた。二人にもそれはわかった。自分たちにとってたったいま試練が始まったことも彼らは悟った。

ウルフが早足で歩き出すと、マッジの唇がすぼまり、愛撫の音を送り出そうとその出口を作った。だが愛撫の音は出てこなかった。ふっと夫の方を見ると、夫が厳しいまなざしで自分を見ているのが目に飛び込んできたのである。すぼまった唇から力が抜けて、マッジは音もなくため息をついた。

ウルフの早足が駆け足に変わった。その跳ね幅はどんどん大きくなっていった。彼は一度もふり向かなかった。狼の尻尾がまっすぐうしろでぴんと立っていた。山道の曲がり目を彼は一気に曲がり、見えなくなった。

バタール
Bâtard

バタールは悪魔だった。この事実は北の地一帯で認識されていた。「地獄の申し子」と呼ぶ者も多かったが、飼い主のブラック・ルクレールがその恥ずべき名「バタール」を選んだのだった（フランス語で「私生児、雑種犬」の意）。そしてルクレール本人も悪魔だったので、両者は似合いのペアだった。悪魔が二人一緒になれば地獄がツケを払わされる、ということわざがある。これは予想できることであり、バタールとブラック・ルクレールが一緒になったところでは確実に予想できることだった。両者が出会ったときバタールはまだ育ちかけの仔犬で、痩せこけて腹をすかし、目には憎しみをみなぎらせていた。彼らはたがいに歯を剝き、うなり声を上げて、邪悪な目つきで睨みあった。何しろルクレールの上唇は日ごろから狼のようにめくれ上がり、白い、残酷な歯をさらしていた。そしてこのときも唇がめくれ上がって目が悪意に光るとともに、ルクレールが手をのばし、のたくる仔犬たちの群れからバタールを引っぱり出した。彼らがたがいに相手の本性を見抜きあったことは間違いなかった。バタールがその仔犬の牙をルクレールの手に埋（うず）めた瞬間、ルクレールは涼しい顔で、親指と人差し指を使って幼い命を絞り出そうとしたのである。

「こん畜生（サクルダム）」とフランス人は小声で、嚙まれた手から噴き出てきた血を払い落とし、雪の中で息を詰まらせゼイゼイ喘いでいる仔犬を見下ろしながら言った。

シックスティマイル・ポストの店主ジョン・ハムリンの方をルクレールは向いた。「こいつ、気に入った。いくらかね、ムッシュー？　いくら？　いま買うよ。すぐ買う」

おそろしく激しい憎しみをバタールに抱いたがゆえに、ルクレールは彼を買って、その恥ずべき名を与えたのである。五年にわたって彼らはともに北の地一帯を旅し、セントマイクルズからユーコンの三角洲、ペリー川の源、さらにはピース川、アサバスカ川、グレートスレーヴ川まで足をのばした。そして彼らは情け容赦ない残忍さで知られるに至った。これほどの悪名高き人間と犬のペアはかつてなかった。

バタールは父親を知らなかった。だからこそその名もついたわけだが、ジョン・ハムリンは彼の父が大きなシンリンオオカミだったことを知っていた。母親の方は、バタールも漠然と覚えていたとおり、歯を剝き出してうなる、喧嘩腰の、見苦しいハスキー犬の、胸のどっしり分厚い、悪意ある目つきの、猫のように執拗に生にしがみつく、ずる賢さと邪悪さにかけては比類ない犬だった。この犬には相手を信頼、信用する気持ちはみじんもなかった。唯一確実なのは裏切りの心だけであり、その一連の、原始のごとき情事は、彼女の根っからの堕落ぶりを物語っていた。これらバタールの両親には、悪と力の両方がふんだんに備わっていて、彼らの骨と肉から生まれた骨と肉たるバタールはそのすべてを受け継いでいた。そこへブラック・ルクレールが現われて、脈動する仔犬の生に重い手を置き、押し、つつき、型にはめた結果、やがて大きな、毛を逆立たせた獣(けもの)が出来上がった。獣は欺きの術に長(た)け、憎悪の念にあふれ、陰険で、敵意に満ち、極悪非道であった。まっとうな主人に就いたなら、バタールもごく普通の、そこそこに有能な橇犬(そりいぬ)となっていたかもしれない。だがそんな機会は与えられなかった。ルクレールはひたすら、バタールの生来の邪悪さを増長させたのである。

バタールとルクレールの歴史は戦争の歴史である。五年間の残酷な、容赦ない年月を、その最初の出会いは的確に要約していた。はじめはもっぱらルクレールの責任だった。なぜなら彼は思慮と知性をもって憎んだのであり、一方、脚のひょろ長いぶざまな仔犬は盲目的、本能的に憎んだにすぎず、理性も秩序もそこにはなかったのである。当初は洗練された残酷さもなく（それが生じたのはもっとあとである）、単純に叩き、殴る行為があり、粗野な残忍さがあるだけだった。そうした行為のひとつによって、バタールは片耳を傷めた。裂けた筋は二度と動かなくなって、その後もずっと耳はだらんと力なく垂れ、己を苛む者の記憶をバタールが生々しく保つのに役立った。そしてバタールは決して忘れなかった。

彼の仔犬時代は愚かな反乱の時期であった。かならず負かされ、それでもかならずやり返した。やり返すことは彼の本性だった。そして彼は不屈であった。鞭と棍棒の痛さにキャンキャン甲高い声を上げながらも、いつもかならず、反抗的に歯を剝くことは怠らなかった。魂から絞り出される、憎悪に浸された復讐心の威嚇は、決まって更なる殴打や鞭打ちを招いた。けれども彼には、生にしがみつく、母親譲りの執拗さがあった。何ものも彼を殺せはしなかった。逆境の下で彼は栄え、飢餓にあって肥え、生に執着する苦闘を通して超自然的な知恵を育んでいった。ハスキー犬の母から得た、強靱な者特有の腹黒さ、狡猾さが彼にはあり、狼の父から得た獰猛さと豪胆さがあった。

彼が決して泣き声を上げなかったのも、おそらくは父親の血のおかげであろう。仔犬のころの甲高い叫びはひょろ長い脚とともに消え、無口で厳めしい、攻撃はすばやい、なまじのことでは激せぬ犬に成長した。呪詛の言葉にはうなり声を返し、殴打には噛みつきで応じ、その間ずっと剝いた歯から消しようのない憎悪をあらわにしていた。どれだけ苦痛を与えようとも、ルクレールは彼から二度と、恐怖の叫び、痛みの叫びを引き出せなかった。この征服しがたさが、ルクレールの憎悪をますます煽り、いっそうの暴虐へと駆り立てるのだった。

ルクレールがバタールに魚半分を与え、ほかの犬たちには一匹丸ごと与えれば、バタールは迷わずほかの犬たちから力ずくで魚を奪った。あまつさえ、隠してある食べ物まで盗み出し、その他無数の悪事によって性根の悪さをさらすものだから、やがて彼はすべての犬、すべての犬所有者にとって恐怖の源となった。ルクレールがバタールを叩いてバベットを可愛がると――バベットは彼の半分の仕事もできなかった――バタールは彼女を雪の中に投げ倒し、重い顎で噛んでうしろ脚を折ってしまったので、ルクレールとしてもバベットを射殺するほかなかった。そんな具合に、血まみれの戦いにおいてバタールは橇犬仲間全員をねじ伏せ、橇道(そりみち)と食料漁りをめぐる掟を自ら定めて、全員がそれに従うよう強いた。

五年のあいだに、バタールが優しい言葉を耳にしたのはただの一度きりであり、温かく撫でられたのもただ一度で、そのときバタールは、それがいかなるものなのか理解できなかった。飼い慣らされざる者の烈しさで彼は跳び上がり、一瞬にして顎が固く閉じていた。優しい言葉をかけ、温かく撫でたのは、サンライズで出会った、この地に来たばかりの宣教師であった。その後六か月間、宣教師は本国に一通の手紙も書かず、マクエスチョンの外科医が氷の地を三百キロ旅して彼を敗血症から救わねばならなかった。

　バタールが野営地や交易所にふらりとやって来ると、人も犬も疑いの目で彼を見た。男たちは蹴るぞと言わんばかりに足を上げて出迎え、犬たちはたてがみを立てて牙を剝いた。あるとき一人の男が本当に蹴ると、バタールは狼のすばやさで男のふくらはぎに嚙みつき、鋼鉄の罠のごとくに顎を閉じて、肉を貫き骨まで嚙み砕いていった。男の方もこいつの命を奪わずにおくものかという剣幕だったが、険悪な目をして狩猟ナイフの刃をさらしたブラック・ルクレールが割って入り、どうにか収まった。バタールを殺す——その愉しみはルクレールが自分のためにとっておいてあるのだ。いつの日かそれは起きる、さもなければ——バア！　誰にわかる？　どちらにせよ、問題は解決するだろう。

　そう、彼らはたがいにとって問題となっていたのである。それぞれが呼吸する息それ自体が、相手にとっては挑戦であり威嚇であった。愛情では決して結びつけられない強さで、憎しみが彼らを結びつけていた。いつしかバタールの意気が萎えて、自分の足下で卑屈に縮み上がりメソメソ情けない声を出す日が来るよう、ルクレールは心を砕いていた。そしてバタールは——バタールの心の中に何があるかルクレールにはわかっていたし、一度ならずそれをバタールの目に読みとってもいた。あまりにはっきり読みとれたものだから、以後ルクレールは、バタールが背後にいるときは何度もうしろをふり向くようになった。

　バタールを買おうとする人に大金を差し出されてもルクレールが拒むので、人々は驚いてしまった。「あんた、いずれこいつを殺しちまって、一銭も入らなくなるぞ」とジョン・ハムリンがあるとき、ルクレールに蹴られたバタールが雪の中に倒れて喘いでいるのを見て言った。バタールの肋骨が折れたかどうか誰にもわからなかったし、誰も見てみる度胸はなかった。

「大きなお世話だよ、ムッシュー」とルクレールはそっけなく言った。

　そして人々は、バタールが逃げないことにも驚いた。訳がわからない。だがルクレールにはわかった。彼は大半の時間を戸外で、人間の言葉が立てる音の外で過ごす人間であり、風と嵐の言語を学んでいた。夜のため息を、夜明けのささやきを、昼の軋轢（あつれき）を学んでいた。ぼんやりとではあれ、緑のものたちが育つのが彼には聞こえたし、樹液が流れる音、芽がぱっくり開く音も聞こえた。そして彼は、動くものたちの精妙な言語も知っていた。罠にかかった兎、うつろな翼で空気を叩く物憂げな鴉（からす）、月光の下で小刻みに歩く顔が白ぶちの馬、灰色の影のごとく黄昏と闇のあいだを滑る狼。そしてバタールはルクレールに、はっきり、まっすぐ語りかけてきた。バタールがなぜ逃げないか、ルクレールはその理由を完璧に理解していた。そして彼はいっそう頻繁にうしろをふり向いた。

　怒ったときのバタールの顔は、およそ麗しいとは言えなかった。一度ならずルクレールの喉に跳びかかったが、つねに控えている犬鞭（いぬむち）に叩かれて雪の中でぴくぴく震えて意識を失うばかりだった。かくしてバタールは、好機を待つことを学んだ。若さの盛りに達し、力も頂点に至ったとき、時は来た、と彼は判断した。胸は広くなったし、筋肉は逞しいし、体は普通よりずっと大きく、首は頭から肩まで逆立つ毛の塊——どこを見ても純血の狼である。機は熟したとバタールが決めたそのとき、ルクレールは毛皮に包まれて眠っていた。バタールは忍び足で近づいていった。頭を地面近くまで下げて、片方しか動かぬ耳をうしろに寝かせ、猫のような静かさで歩んだ。軽く、ごく軽く息をして、すぐ近くに来るまで頭を上げなかった。一瞬立ちどまって、ルクレールの赤銅色（しゃくどう）の、雄牛なみの喉を見た。剝き出しになったごつごつの喉は、深い、規則正しい脈動に合わせて膨らむ。それを見て、バタールの牙から涎（よだれ）が垂れ、舌を伝って落ちていき、その瞬間、力なく垂れた耳をバタールは思い出し、数えきれぬほどの殴打と度はずれの虐待を思い出した。バタールは何の音も立てずに、眠っている男に襲いかかった。

牙で喉を嚙まれた痛さにルクレールは目を覚まし、動物としても完璧であるがゆえに目覚めた瞬間から頭は冴え、判断力も全開だった。両手でバタールの喉笛を締めつけ、体重を上からかけられるよう毛皮の中から転がり出た。だが、バタールのあまたの先祖たちは、無数のヘラジカやトナカイの喉に喰らいついて相手を引きずり下ろしてきたのであり、その先祖たちの叡智をバタールも授かっていた。ルクレールの重い体が上からのしかかってくると、バタールは両のうしろ脚を投げ上げて内側に寄せ、相手の胸と腹を爪で引っかき、皮膚と筋肉を破り、引き裂いた。相手の体がひるみ、浮き上がるのを感じると、嚙みついた喉を執拗に揺さぶって振り回した。橇犬仲間がうなり声を上げながら、じりじり輪になって迫ってくる。息も絶えかけ意識も失いかけたバタールは、仲間たちの顎が自分を欲して飢えていることを承知していたが、それは問題ではなかった。彼の敵はあくまでこの男、自分の上にのしかかっている男なのだ。力の限りを尽くして男を引っかいては裂き、揺すぶっては振り回した。だがルクレールに両手で締めつけられて息は詰まり、空気を奪われた胸が上下に揺れてもだえ、目は曇ってこわばり、顎はゆっくり緩み、突き出した舌は黒ずんで膨らんでいた。

「どうだ、この悪魔!」とルクレールが声を絞り出し、口も喉も自分の血にまみれたまま、朦朧となった犬を押しのけた。

それから、ほかの犬たちがバタールに襲いかかると、ルクレールは彼らに呪詛の言葉を投げつけて追い払った。犬たちはあとずさって、遠巻きの輪を作り、目を光らせたまますうしろ脚で座り込んで舌なめずりし、どの犬も首の毛をぴんと逆立たせていた。

バタールはすぐさま回復して、ルクレールの声を聞くとよろよろ立ち上がり、弱々しく前後に体を揺らした。

「起きたな、馬鹿でかい悪魔が!」ルクレールが口から泡を吹いて言った。「片付けてやる、しっかり片付けてやる!」

疲れはてた肺に、空気がワインのようにひりひりと入ってくるのを感じながら、バタールは男の顔面めがけて突進したが、顎は狙いを外し、ぱちんと金属的な音を立てて閉じた。彼らは雪の上をごろごろ転がり、ルクレールは両のこぶしで猛烈に打ちかかった。やがて彼らはたがいから離れ、面と向きあい、相手の前をぐるぐる前後に回った。ルクレールがここでナイフを出してもおかしくなかった。ライフルも足下にある。だが彼の中の獣が、いまは荒れ狂っていた。ここは手で——そして歯で——決着をつけるのだ。バタールが飛び込んできたが、ルクレールは拳骨で殴り倒し、上から襲いかかって、歯を犬の肩の骨まで食い込ませた。

それは原初的な舞台であり、原初的な場面であった。世界が若く、野蛮だったころに見られたであろう情景。暗い森の中の拓かれた場所、歯を剝いた狼犬たちの輪、中央では二体の獣ががっちり組みあい、歯をぱちんと鳴らしうなり声を上げ、狂おしく跳ね回り、ゼイゼイ喘ぎ、息を弾ませ、悪態をつき、懸命に力を込め、激情に駆られ殺意に包まれて、自然の獣性のままに裂き、破り、爪を立てている。

だがルクレールはバタールの耳のうしろに拳骨を命中させ、バタールはうしろに倒れて一瞬意識が飛んだ。ルクレールは両足で跳び乗り、バタールの体を地面に押し込もうと上下に跳ねた。ルクレールが一息つこうとして動きを止めたころには、バタールのうしろ脚は両方とも折れてしまっていた。

「アァァ！　アァァ！」喉も喉頭も使い物にならなくなったルクレールは言葉にもならぬ金切り声を上げ、こぶしを振り回した。

だがバタールは不屈であった。力なくのたうちながら、唇は弱々しく持ち上がり、悶え、うなり声を上げる力はないものの歯を剝き出した。ルクレールに体を蹴られると、疲れた顎を男の足首で閉じたが、皮膚を破ることはできなかった。

やがてルクレールは鞭を手にとり、犬をばらばらに切り裂くかという勢いで、一打ちごとに「今度という今度、お前、降参させる！ どうだ？ 絶対！ 降参させる！」と叫んだ。

結局、ルクレールも疲れはて、出血したせいで朦朧となってその場にくずおれ、負かした相手のかたわらに倒れ込んだ。仕返ししようと狼犬たちが迫ってくると、ルクレールは最後の意識にしがみついてわが身を引きずり、バタールを覆って彼らの牙から護った。

これが起きたのはサンライズからさして遠くない場であり、数時間後、ルクレールの叩いた扉を開けた宣教師は、橇犬たちの群れにバタールがいないのを見て驚いてしまった。さらに、ルクレールが橇の覆いを取って、両腕でバタールを抱き上げてよたよたと中に入ってきたときも彼の驚きは減じなかった。たまたま、あちこち油を売って歩くたちのマクエスチョンの外科医がこのときもお喋りに来ていて、宣教師と二人でルクレールの手当に取りかかろうとした。

「メルシ、ノン」とルクレールは言った。「さいしょに、犬、手当して。死ぬ？ ノン。死ぬ、よくない。この犬、私が降参させないといけない。だからそのため、この犬死ぬ、よくない」

ルクレールが危機を脱したことを外科医は驚異と呼び、宣教師は奇跡と呼んだ。あまりに弱っていたので、春になると熱病にやられて、ふたたび寝込んだ。バタールの方はもっとひどい有様だったが、生への執着が勝り、革帯で床に押さえつけられていた数週間のうちにうしろ脚の骨も癒着し、内臓も元に戻った。ようやく回復期に入ったルクレールが、いまだ血色の悪い顔に震える体でキャビンの扉付近で陽を浴びるようになったころには、バタールは犬たちの中での覇権を取り戻し、仲間の橇犬たちのみならず宣教師の犬まで従属させていた。

　ルクレールが初めて宣教師の腕につかまってよたよた外に出てきて、ゆっくり体を下ろし、おそろしく慎重に三脚の丸椅子に腰を下ろしたとき、バタールは筋肉ひとつ、毛一本動かさなかった。

「いい（ボン）！」とルクレールは言った。「ボン！　よい太陽！」。そうしてやつれた両手をぴんとのばし、暖かい陽ざしに浸した。

　やがて彼のまなざしが犬にとまり、その目にかつての黒々とした輝きがよみがえった。ルクレールはそっと宣教師の腕に触れた。「神父さん（モン・ペール）、あいつは悪魔です、あのバタール。私にピストル持ってきてください、安心して陽を浴びたいから」

　その後何日も、ルクレールはキャビンの扉の前で陽を浴びた。決してまどろみもせず、ピストルはつねに膝に載っていた。バタールは毎日、まずはその武器が定位置にあることを確かめた。それを見ると、了解したしるしに唇がかすかに持ち上がり、ルクレールもそれに応えてやはり唇を持ち上げニヤッと笑う。ある日、宣教師がそのやりとりに気がついた。

「これは何と（ブレス・ミー）！」と宣教師は言った。「この獣、理解しているではありませんか」

　ルクレールは軽く声を上げて笑った。「いいですか、モン・ペール。いま私が言うこと、この犬聞きます」

それを裏付けるかのように、バタールはよく聞こうと、片方しか動かない耳をほんの少し持ち上げた。

「言いますよ、『ころせ(キール)』」

バタールは喉の奥を太く鳴らし、首の毛が逆立ち、体じゅうの筋肉がぴんと張って続きを待った。

「私、銃、持ち上げますよ、こう」。そしてルクレールは行動を言葉に合わせ、拳銃をバタールにつきつけた。

バタールはパッと横に跳んで、キャビンの角の向こうに着地して視界から消えた。

「これは何と!」と宣教師は何度もくり返し言った。

ルクレールは誇らしげにニヤッと笑った。

「ですがどうして、あの犬は逃げないのです?」

フランス人の肩が、いかにもフランス人らしくすくめられて持ち上がった。まったくわからないという意思表示とも、無限の理解のしるしともとれるしぐさである。

「ではあなたは、なぜあの犬を殺さないのです?」

ふたたび両肩が上がった。

「モン・ペール」少し間を置いてルクレールは言った。「まだその時でありません。あれは悪魔です。いつかあいつ、降参させます、ええ、もう、バラバラに。ね？　いつか。ボン！」

やがてある日、ルクレールは犬たちを集め、平底舟に乗ってフォーティマイルまで下り、ポーキュパイン川まで進んで、ＰＣカンパニーから依頼を受け、その後一年の大半を探検に費やした。コヨカック川をのぼって、人けのないアークティックシティに出て、やがてユーコン川沿いに、野営地から野営地を回って戻ってきた。何か月にも及んだその期間、バタールは徹底的に虐げられた。多くの拷問を彼は学び、中でも空腹、喉の渇き、火の拷問、そして何より恐ろしい音楽の拷問を学んだ。

犬の常として、バタールは音楽を好まなかった。音楽は彼に激しい苦痛をもたらし、彼の神経を苛み、彼という存在を隅から隅まで引き裂いた。音楽を聞くと、凍てつく夜に狼が星空に向かって吠えるように、バタールは長い、狼のような咆哮を上げた。吠えずにはいられなかった。ルクレールとの闘争においてこれが彼の唯一の弱点であり、彼の恥だった。一方ルクレールは大の音楽狂で、強い酒に劣らず音楽を愛していた。その魂が表現のはけ口を求めるとき、たいていそれは二つのうち一つのやり方で——より頻繁にその両方で——自らを発散させた。酒を飲み、歌われぬ歌の炎が脳に灯り、彼の中の悪魔が呼び覚まされてはしゃぎ出すと、魂はその至高の表現を、バタールを拷問することの中に見出した。

「さあ、すこぉし音楽やるか」とルクレールは言うのだった。「え？　どう思う、バタール？」

それは古いぼろぼろのハーモニカでしかなかったが、この上なく丁寧に扱われ、根気よく修繕されていた。金で買える限り最良の品であり、その銀の舌（リード）からルクレールは、誰も聞いたことのない奇怪な、とりとめのない調べを引き出した。するとバタールは、喉から何の音も発さず、歯を食いしばってじりじりとあとずさり、キャビンの奥の隅まで引っ込む。そしてルクレールは、太い棍棒を小脇に抱えてひたすら吹きまくり、じわじわ一歩一歩犬に迫っていって、やがてもう犬はそれ以上後退しようもなくなるのだった。

　はじめのうちはバタールも、極力小さなスペースに身を押し込み、床に這いつくばるが、音楽がますます近づいてくるともはや身を起こすしかなく、背中を丸太の壁に押しつけ、迫ってくる音のさざ波を追い払うかのように前脚で宙を扇いだ。歯はいまだぎゅっと食いしばっているが、体じゅうの筋肉が著しく収縮し、奇妙な引きつりや痙攣が広がって、やがては全身がぶるぶる震え、無言の責め苦に包まれて身悶えするのだった。体の制御が利かなくなってくると、顎が発作的にぱっくり開き、低すぎて人間の耳には聞こえぬほどの太い振動音が喉の奥から漏れ出てきた。やがて鼻孔が広がり、目が膨張して、毛は空しく逆立ち、長い、狼の咆哮が響きわたった。ゆるゆると連なった音が喉の奥から立ちのぼり、どんどん膨れ上がって、胸もはり裂けるかという音が一気にあふれ出たのち、悲しみに染まった嘆きの叫びが次第に消えてゆく。そうしてまた喉の奥から一オクターブ、一オクターブと立ちのぼり、胸をはり裂く音があふれ出て、無限の悲嘆が広がった末に、少しずつ弱まり、色あせ、落ちていき、ゆっくりと消えていった。

それは地獄の苦しみであった。そしてルクレールは、悪魔的な眼力を発揮し、神経一つひとつ、琴線一本一本のありかを見抜いているかのごとく、長いむせび泣きのような、震え、すすり泣く短調のメロディでもって、バタールの悲嘆の最後のひとかけらまで絞り出しているようだった。音楽のあまりの恐ろしい響きに、二十四時間経ってもなお、バタールはいまだびくびく落着かず、呆（ほう）けたごとくに、何の変哲もない音にまで目を見ひらき、自分の影につまずいたが、それでもなお橇犬仲間に対しては狂暴さを失わず、彼らの頭（かしら）として君臨していた。神経が参りかけたような様子もなかった。むしろいっそう厳めしく、物静かになって、時機を窺っているかのようなその測り知れぬ辛抱強さがルクレールを戸惑わせ、彼の心にのしかかるようになった。犬は焚火の明かりの中でじっと何時間も横たわり、前方にいるルクレールをまっすぐ見据え、憤怒に満ちた目で彼を憎んでいた。

ルクレールはしばしば、自分が生命の精髄に対抗しているような気にさせられた——羽根の生えた稲妻のごとくに空の鷹を急降下させ、大いなるハイイロガンを駆り立ててはるか遠くの地へ旅立たせ、産卵する鮭が湧き立つユーコン川の激流を三千キロのぼることを可能にする、不屈な生の真髄そのものに。そんなときルクレールは、等しく不屈なる己の精髄を表明せんと、強い酒、野性の音楽、そしてバタールとともに盛大な乱痴気騒ぎに浸り、己のちっぽけな力を世界に対峙させて、いまあるものすべて、過去にあったものすべて、今後あるものすべてに挑むのだった。

「あそこには、何かある」音楽のリズムを施された己の奇想がバタールの心の琴線に触れて、長く痛ましい咆哮を引き出すとき、ルクレールはそう断言した。「私、その何か、両手で引っぱり出す。ハ！　ハ！　笑っちゃうね！　すごく笑っちゃう！　司祭は唱える、女は祈る、男は罵る、小鳥はピーチク鳴く、バタールはヨウーと吠える、これみんな同じね。ハ！　ハ！」

立派な聖職者のゴーティエ神父が、かつて一度だけルクレールを叱責し、そんなふるまいでは地獄に堕ちますぞと脅したことがあった。神父は二度と彼を叱責しなかった。

「かもしれません、モン・ペール」とルクレールはそのとき答えた。「私、地獄を平気でくぐり抜けると思う、ドクニンジンが火をくぐり抜けるみたいに。どうです、モン・ペール？」

だが物事、よいことも悪いこともいずれは終わる。ブラック・ルクレールとて例外ではなかった。ある夏の、水位の低い時期、棹でこぐボートに乗って彼はマクドゥーガルを発ってサンライズへ向かった。マクドゥーガルを発ったときはティモシー・ブラウンが相棒であったが、サンライズに着いたときは彼一人であった。しかも、出発の直前に二人が口論しているのを人々は目撃していた。ゼイゼイと苦しげに走る船尾外輪十トン船「リジー」号は二十四時間遅れて発ったにもかかわらず、ルクレールより三日早くサンライズに着いた。ようやく着いたルクレールの肩の筋肉には弾丸の穴が綺麗に開いていて、襲撃と殺害をめぐる物語がついて来ていた。

サンライズで金鉱が発見されて、町は一変していた。金を求める者たちが数百人押し寄せ、大量のウィスキーがもたらされ、筋金入りの博奕打ちが五、六人やって来た結果、宣教師がインディアン相手に何年も積み重ねてきた努力も水の泡となった。インディアン女たちが、妻のいない鉱夫らのために豆を料理し火を絶やさぬことしか考えなくなり、男たちは暖かい毛皮を黒い壜や壊れた時計と交換することで頭が一杯になると、宣教師は寝込んでしまい、「これは何と」と数回呟いて、粗い造りの長方形の箱に入れられて最後の審判へと旅立っていった。すると博奕打ちたちはルーレットやトランプ用テーブルを宣教師の館に持ち込み、チップの鳴る音、グラスのぶつかる音が夜明けから夜更けまで、さらにまた夜明けまで響きわたった。

　こうした北の地の山師たちのあいだで、ティモシー・ブラウンは人気者であった。唯一、激しやすく喧嘩っ早いことだけが玉に瑕(きず)だったが、その優しい性根(しょうね)、人を進んで許す鷹揚さがそれを補なって余りあった。一方、ブラック・ルクレールには瑕をあがなうものは何ひとつなかった。人々の記憶に残るいくつもの悪行が物語るとおり、彼はまさしく「極道(ブラック)」であり、ティモシーが愛されているのと同じ程度に誰からも憎まれていた。サンライズの男たちは、ルクレールの肩を消毒して包帯を巻いてやると、リンチ判事の前に彼を引っぱっていった。

　話は簡単だった。彼はマクドゥーガルでティモシー・ブラウンと口論した。そしてティモシー・ブラウンとともにマクドゥーガルを発った。そしてティモシー・ブラウン抜きでサンライズに着いたのである。彼の邪悪さから鑑みて、ティモシー・ブラウンは彼に殺されたという結論に誰もが達した。ところが、ルクレールも一連の経緯については認めたものの、その結論には異を唱え、自説を主張した。サンライズまで二十マイルというあたりで、彼とティモシー・ブラウンがボートを棹で操り岩だらけの岸近くを進んでいたところ、岸からライフルの銃声が二度鳴り響いて、ティモシー・ブラウンはボートから転げ落ち、赤い泡を立てて沈んでいって、それっきり姿を消したというのである。ルクレールは肩に激痛を抱えてボートの底に吹っ飛ばされた。じっと静かに横たわって、岸の様子を窺った。しばらくするとインディアン二人が顔を出し、樺の樹皮で作ったカヌーを二人で抱えて水際まで出てきた。彼らが水に入ると同時に、ルクレールは発砲した。一人は仕留めて、ティモシー・ブラウンと同じようにカヌーのへりから水に落ちていった。もう一人はカヌーの底に伏せ、じきにカヌーとボートはともに流れを下っていって、下りながらの撃ちあいがくり広げられた。やがて流れを二分する島に行きあたって、カヌーは島の一方の横を抜け、ボートはもう一方の側を抜けていった。ルクレールがカヌーを見たのはそれが最後であり、じきに彼はサンライズにたどり着いた。カヌーに乗ったインディアンが跳び上がった様子から察するに、この一人も仕留めたことは間違いない。これがルクレールの物語だった。

この説明に人々は納得しなかった。「リジー」号が捜索のためにふたたび川を下っていくあいだ、彼らはルクレールに十時間の猶予を与えた。十時間後、船はゼイゼイと喘いでサンライズに戻ってきた。捜索すべきものは何も出てこなかった。ルクレールの陳述を裏付けるような証拠はひとつも見つからなかった。人々はルクレールに遺書の作成を命じた。彼はサンライズに五万ドル分の利権を所有していたのであり、この地の住民は法を定めるのみならず、法を尊ぶ人々でもあったのである。

ルクレールは肩をすくめた。「ひとつだけ」と彼は言った。「ひとつ、ええとどう言うのかな、ささやかなお願いがある。そう、ささやかなお願い。五万ドルは教会に贈る。だけど私のハスキー犬のバタール、あれは悪魔に贈る。ささやかなお願いとは？　まずあいつを縛り首にして、それから私を縛り首にしてくれ。いいだろう？」

いいとも、と人々は承諾した。地獄の申し子が主人のために、最後の境界線を越える道を切り拓くというわけだ。法廷はトウヒの大木がぽつんと一本立つ川べりに移された。スラックウォーター・チャーリーが船舶用ロープの端に絞首刑用の結びを作り、その輪がルクレールの首に掛けられ、きつく巻きつけられた。両手はうしろで縛られ、ルクレールはクラッカーの箱の上に導かれた。それから、ロープの反対の端が、頭上にのびた枝に掛けられて、ぎゅっと引かれて固定された。あとは箱を蹴れば、ルクレールは空中で踊ることになる。

「さて、犬だ」と、かつて鉱山技師だったウェブスター・ショーが言った。「スラックウォーター、今度は犬に縄を巻いてもらわんと」

ルクレールはニヤッと笑った。スラックウォーターは噛み煙草を一口噛んで、ロープをもう一本出して輪を作り、自分の手にゆるゆると何度か巻いた。一度か二度手を止めて、とりわけたちの悪い蚊を顔からはたいた。誰もが蚊をはたいていたが、ルクレールだけはそれもできず、その頭の周りにはちょっとした雲が出来上がっていた。地面に長々と寝そべっているバタールでさえ、前足で目や口からうっとうしい虫を追い払っていた。

　ところが、バタールが頭を上げるのをスラックウォーターが待っているさなか、静かな空気を貫いてかすかな叫びが聞こえ、一人の男が両腕を振り回しながらサンライズから平地を駆けてくるのが見えた。交易所の店主だった。

「みんな、縛り首は中止だ」と店主は喘ぎあえぎ、人々の輪に加わるとともに言った。

「リトル・サンディとバーナドットがいま戻ってきた」と、息が回復するとともに店主は言った。「下流から陸(おか)に上がって、近道してきたんだ。インディアンのビーヴァーを連れてきた。乗っていたカヌーが水際の流れに引っかかってるところをつかまえたんだ。体に二つ、弾が入った穴が開いてる。相棒はクロク＝カッツだったそうだ、女房を半殺しにして逃げた奴だ」

「なっ、言っただろ？　なっ？」ルクレールが勝ち誇った声で叫んだ。「そいつらだよ！　私、わかってた。私の言うこと、本当」

「ここはひとつ、インディアンどもにお灸をすえてやらんと」とウェブスター・ショーが言った。「あいつらぬくぬくと太って、生意気になってきた。ここらで身の程教えてやらんといかん。男どもを全員集めて、見せしめにビーヴァーを吊し首にするんだ。それが理(ことわり)ってもんだ。さあ、行ってビーヴァーの言い分、聞いてやろうじゃないか」

「ヘイ、ムッシュー！」群衆が黄昏のなかをサンライズの方にぞろぞろ向かうのを見てルクレールが声を上げた。「私もお祭り、見たい」

「ああ、帰ってきたらほどいてやるよ」とウェブスター・ショーは立ちどまりもせずに叫んだ。「しばらく自分の罪と向きあって、神の御心(みこころ)をとくと考えるんだな。あんたにはいい薬さ、俺たちに感謝しな」

大きな危険に慣れっこの、神経も逞しく忍耐力も鍛えられた人間らしく、ルクレールは長い待ちの態勢に入っていった。といっても、入っていけたのは精神の方だけである。身体の方はぴんとロープが張っていて、おそろしくまっすぐ立っているほかないので、態勢に入るも何もない。脚の筋肉の力をちょっとでも抜こうものなら荒縄の輪が首に食い込んだし、直立していても怪我した肩がひどく痛んだ。彼は下唇をつき出し、息を上向けに、顔にそって吐き出して目から蚊を追い払おうとした。だがこれでも十分有難い。死の淵から逃がしてもらえるのだから、少々体が不快なくらい何でもなかった。ビーヴァーの縛り首を見られないのだけが残念だった。

かくしてルクレールは物思いにふけっていたが、やがてその目がバタールにとまった。犬は前足のあいだに頭をつっ込み、長々と寝そべって眠っていた。ルクレールは犬をじっと観察して、本当に眠っているのか、ふりをしているだけかを見きわめようとした。横腹は規則正しく上下していたが、どうも息の出し入れがほんの少し速すぎる気がする。それに、体の毛一本一本に、抜かりなく気を張っている感じがみなぎっていて、のびのび眠っているとは思えなかった。犬が寝ていることを確かめられるなら、ルクレールはサンライズの土地の所有権を失っても惜しくなかっただろう。そのうちに、関節のひとつがポキッと音を立てると、ルクレールはとっさに、まずい、と思い、犬が反応したかとそっちを向いた。その瞬間にはバタールは反応しなかったが、何分か経ってのろのろと物憂げに起き上がり、体をのばして、周りを注意深く見回した。

「こん畜生(サクルダム)」とルクレールは声をひそめて言った。

誰も周りで見も聞きもしていないことを確かめると、バタールは地面に座り込み、上唇を歪めてほとんど笑みのようなものを浮かべ、顔を上げてルクレールの方を見て、自分の顎を舐めた。

「これで私、一巻の終わりね」とルクレールは言って、辛辣な笑い声を上げた。

バタールは近づいてきた。役に立たない方の耳がゆさゆさ揺れ、いい方の耳は悪魔のごとき理解力とともに前方に傾いていた。犬は問うように頭を横につき出し、おどけた小股の足取りで進んできた。そして体をそうっと、ルクレールが乗っている箱にこすりつけた。じきに箱がぐらっと揺れ、もう一度揺れた。ルクレールは平衡を保とうと体を慎重に上下させた。

「バタール」と彼は落着いた声で言った。「気をつけろ。私、お前殺すぞ(アー・キール・ユー)」

「殺す」の一言にバタールは歯を剝き、箱をもっと強く揺さぶった。それからうしろ足で立ち上がり、前足を使って箱のもっと上の方に体重をかけた。ルクレールは片足で蹴飛ばそうとしたが、ロープが首に食い込んでぐいっとその動きを抑えたので、危うくバランスが崩れそうになった。

「おい！　やめろ！　あっち行け！」と彼は悲鳴を上げた。

バタールは五、六メートルうしろに、悪魔的な軽やかさで下がっていった。この動きは見間違いようがない。この犬がよく、水たまりに浮かんだ薄い氷を割って遊んでいることをルクレールは思い出した。体を持ち上げてから、一気に体重をかけるのだ。それを思い出したことで、いま犬が何をやろうとしているかを彼は理解した。バタールはまっすぐ向き直り、一瞬動きを止めた。犬がニタッと歯を剝き出すと、ルクレールもそれに応えてニッと歯を剝いた。犬は宙に飛び上がり、全速力で箱に突進してきた。

十五分後、スラックウォーター・チャーリーとウェブスター・ショーが戻ってくると、薄暗がりの中、おぞましい振り子が左右に揺れているのを彼らは目にした。あわてて飛んでいくと、命の抜けた男の体と、それにしがみついている生き物の姿が見てとれた。生き物は揺さぶり、引っぱって、その揺れを作り出していた。

「おい、よせ、地獄の申し子！」とウェブスター・ショーがわめいた。

だがバタールは彼を睨みつけ、威嚇のうなりを発し、顎を緩めはしなかった。

スラックウォーター・チャーリーはリボルバーを取り出したが、その手は悪寒に襲われたかのように震え、弾は当たらなかった。

「おい、あんたやってくれ」と彼は相棒に銃を渡した。

ウェブスター・ショーは短く笑って、ギラギラ光る両目のあいだに狙いを定め、引き金を引いた。バタールの体が衝撃でぴくっと引きつり、少しのあいだ、痙攣を起こしたように地面の上でのたうち、やがて一気に力が抜けた。だがその歯は依然がっちり喰らいついたままだった。

あのスポット
That Spot

いまではもうスティーヴン・マッカイのことをあまり考えないが、かつて俺はあいつのことを心から信頼していたものだ。当時は自分の弟以上にあいつを愛していたことが俺にはわかる。もしもう一度スティーヴン・マッカイに会ったら、自分が何をしでかすか、責任が持てない。かつては食べ物も毛布も分けあい、チルクート山道をともに旅した相棒が、実はあんな人間だったなんて俺には理解できない。俺はつねにスティーヴを、まっとうな男、心優しい同志と思っていた。底意地の悪いところ、邪心に染まったところはみじんもないと思っていた。もう二度と、自分が人を見る目を俺は信じない。あの男が腸チフスにかかったときも俺は治るまで看病した。スチュアート川の河口では二人一緒に飢えた。リトルサーモン川では奴が俺の命を救ってくれた。そしていま、何年も一緒に過ごしたあげくに、スティーヴン・マッカイについて言えるのは、あいつは俺がこれまで見知った誰より卑劣な人間だということだけだ。

俺たちは一八九七年秋のゴールドラッシュにクロンダイク川めざして出発したが、出発の時期が遅すぎたので、川が凍る前にチルクート峠を越えられなかった。はじめは荷物を背負って徒歩で旅していたが、雪が舞いはじめると、そこからは犬を買って橇で進むしかなかった。そのようにして我々はあのスポットを手に入れたのだった。犬たちは高価で、我々は一一〇ドル払って奴を買った。その値打ちはありそうに見える犬だった。見えると言ったのは、何しろこの犬、俺がそれまで見てきたなかでも最高に見栄えがよかったのだ。体重は二十五キロ強、体の輪郭も橇犬には最適に見える。血統はどうにもはっきりしなかった。ハスキー犬でもない、マラミュートでもハドソンベイでもない。その全部のように見えたし、そのどれのようにも見えなかった。加えて、白人に飼われる犬の血も混じっていた。というのも、胴の一方の側に、黄、茶、赤、汚れた白の混じりあったなか、バケツほども大きい、真っ黒な水玉（スポット）があったのだ。奴をスポットと名づけたのもそのためだ。

たしかに見かけはいい犬だった。体調がいいときは体じゅう筋肉が浮かび上がっていた。俺がアラスカで見たどの獣よりも強そうに、かつ賢そうに見えた。その全身を見渡せば、この犬なら同じ体重の犬三匹よりもっと力強く橇が引けるだろうと思えた。本当に引けたかもしれないが、それは見たことがない。奴の知恵は、そういうふうにははたらかなかったのだ。盗み、漁ることなら完璧にやれた。仕事がいつ始まるか見抜いて、こっそり抜け出すその勘の鋭さたるや大したものだった。迷子になって、迷子のままとどまらない才覚に関しても天才的と言っていい。が、いざ仕事となると、知恵は奴の中から流れ出て、残るのはぷるぷる揺れる愚かなゼリーの塊だった。そのさまは、見ていて哀れを催すほどだった。

いま考えれば、あれはただの愚かさじゃなかったと思えることもある。ひょっとすると——そういう人間も俺は何人か知っている——奴は働くには賢すぎたのかもしれない。奴が知恵を駆使して俺たちをだましていたとしても俺は驚かない。ことによると、じっくり検討した結果、ときどき鞭を喰らって全然働かない方が、いつもいつも働いて鞭を喰らわないよりずっといい、と結論を下したのかもしれない。そのくらいの計算をする賢さは十分あった。いや本当に、俺はあの犬の目をじっくり覗き込んだことがあるが、あの目から輝き出ている知恵が見えたとき、背骨の隅から隅まで寒気（さむけ）が走り、骨髄が酵母みたいにムズムズと這ったものだ。あの知恵について俺は語るべき言葉を持たない。あれはおよそ言語を絶している。俺にはそれが見えた、としか言えない。奴の目を覗き込むのは時に、人間の魂に見入ることに似ていた。そこに見えたものに俺は怯えた。霊魂の生まれ変わりだの何だのと、あらゆるたぐいの妄想が頭の中に湧き上がった。本当なのだ、あの獣の目の中に何か大きなものを俺は感じとったのだ。そこには何らかのメッセージがあったが、俺にはそれを捉えるだけの度量はなかった。何だかわからないがそれが何であれ（馬鹿みたいな言い方だとはわかっている）――それが何であれ、それは俺を混乱させた。あの獣の目に見たもの、それを俺は少しも伝えられない。光ではない、色でもない。ずっと奥の方に何かが、目自体は動いていないのに動いたのだ。俺自身、それが動くのを見たのではないと思う。動くのを感じ（ヽ）た（ヽ）だけだ。それはひとつの表情であり――そう、表情だ――俺はそれをめぐる印象を得たのである。否、単なる表情とも違っていた。それ以上のものだった。それが何なのかはわからないが、それでもなお、俺は一種の仲間意識を感じた。いいや、センチメンタルな仲間意識ではない。それはむしろ、平等な者同士の繋がりだった。あの目は決して、鹿の目のように嘆願したりはしなかった。あれは挑む目だった。反抗とは違う。それはあくまで、静かに平等を前提とする態度だった。それが故意のものだったとも俺は思わない。奴としてはあくまで無意識だったのだと俺は信じる。それはそこにあったからそこにあったのであり、輝き出てくるほかなかったのだ。いや、輝くというのも違う。輝くのではなく、動いいたのだ。馬鹿な言い方だとは承知している。が、俺と同じようにあの目を覗き込んだ人ならきっとわかってくれるはずだ。スティーヴも俺と同じように狼狽した。あまつさえ俺は一度、あのスポットを殺そうとしたのだ——とにかく何の役にも立たないのだから。そして俺はやり損なった。俺は奴を藪の中に連れ出し、奴はのろのろ嫌そうについて来た。どういうことなのか察したのだ。俺はよさそうな場所で立ちどまり、ロープを足で踏んづけ、大きなコルトを取り出した。するとあの犬は座り込んで俺を見た。言っておくが、奴は嘆願したのではなかった。ただ見たのだ。そして俺は、ありとあらゆるたぐいの理解不能なものたちが奴の目の中で動いているのを——そう、動いいていいるのを見た。本当に動くのが見えたのではない。見えたと思ったのだ、さっき言ったとおり、ただ単に感じただけだと思うから。そしていまここで言っておきたい。これを境に、事態はもう俺の手には負えなくなったのだと。これは人間を殺すようなものなのだ——こっちが突きつけた銃を、「誰が怖いものか」と言わんばかりに静かに見入っている、意識ある勇敢な人間を。それにまた、そのメッセージがすぐ近くにある気がしたものだから、さっさと引き金を引く代わりに、メッセージを捉えられるのではと俺は手を止めたのだ。それは俺の目の前にあった。奴のあの目の中一面で、ちらちら光っていた。だが次の瞬間、もう手遅れだった。俺は怖気づいてしまった。体じゅうぶるぶる震えて、胃は落着かぬ動悸を生み出して俺を船酔いさせた。俺はただそこに腰を下ろして、犬を見て、犬も俺を見て、じきに俺は気が狂いそうになってきた。俺が何をしたか、わかるだろうか？　銃を投げ捨て、神を恐れる思いを心に抱いて野営地に飛んで帰ったのだ。スティーヴは俺をあざ笑った。だが指摘しておこう。スティーヴも一週間後に同じ目的でスポットを森へ連れ出し、スティーヴ一人で帰ってきて、少しあとにスポットものんびり帰ってきたのだ。

何はともあれ、スポットは働こうとしなかった。こっちは大枚一一〇ドル出して買ったのに、いっこうに働かないのだ。引き綱を張りさえしない。奴に初めて牽具（ひきぐ）を付けたときスティーヴが話しかけても、単にぶるっと身を震わせただけだった。牽具には少しも体重をかけない。ただつっ立って、ゼリーみたいにぷるぷる揺れている。スティーヴが鞭でその体に触れた。奴はキャンと甲高く吠えたが、少しも動かない。スティーヴがもう一度、もう少し強く触れると、今度は吠え声を上げた。長い、本物の狼の吠え声である。これでスティーヴもカッとなって、五、六発鞭を喰らわせ、何事かと俺がテントから飛び出してきたのだ。

動物に残酷な真似はよせ、と俺はスティーヴに言い、俺たちは言い争いになった。それは俺たちの初めての言い争いだった。スティーヴは雪の中に鞭を投げ捨て、すさまじい剣幕で立ち去った。俺はそれを拾い上げ、出発の準備に取りかかった。あのスポットは、俺がまだ鞭を振りもしないうちからぶるぶる震え、ゆさゆさ揺れ、縮こまり、最初の一振りが食い込むと地獄に堕（お）ちた魂のごとくに吠えた。次に奴は雪の中に横たわった。俺はほかの犬たちを走らせ、スポットは犬たちに引きずられ、そのさなかにも俺は奴に鞭を食い込ませた。仰向けに転がり、道の凸凹に合わせて撥ねながら、四本の足を宙に浮かせて進み、まるでソーセージ製造器の中を通り抜けているみたいに吠えた。スティーヴが戻ってきて俺をあざ笑い、俺はさっきの言葉を詫びた。

あのスポットに仕事をさせようはなかった。それを埋め合わせるかのように、奴は俺がいままでに見たどの犬よりも大食いだった。その上、最高に狡猾な泥棒だった。奴を出し抜くのは不可能だった。いったい幾度の朝食、スポットが先に来ていたために俺たちはベーコンなしで済ませる破目になったことか。そしてスチュアート川をのぼっている最中、奴のおかげで俺たちは危うく飢え死にするところだった。肉置き場に泥棒に入るすべをスポットは探り出し、奴が食べなかった分も橇犬仲間が食べてしまった。だが奴は公平ではあった。とにかく誰からでも盗むのだ。せかせか落着かない犬で、いつもそのへんをこそこそ探るか、どこかへ行くかで忙しかった。あたり十キロばかり、奴に襲われたことのない野営地はひとつもなかった。最悪なのは、どこの連中もいずれ俺たちの許にやって来て弁償を求めることだった。むろんそれはこの土地の掟であり正しいことなのだが、俺たちには実にきつかった。特に、チルクート峠で過ごしたあの最初の冬、こっちは無一文なのに、自分たちが食べてもいないハムやベーコン丸ごとの代金を払うのはひどく辛かった。そしてスポットは、戦うとなればちゃんと戦えた。とにかく仕事以外は何でもできたのだ。一キロの重さも引っぱらないのに、橇犬全員のボスだった。奴が犬たちを並んで立たせる手際ときたら、それは見事なものだった。力で威嚇し、奴の牙に噛まれたばかりの跡がついている犬がいつもかならずいた。だが単に力でねじ伏せるだけじゃなかった。四つ足で動くものいっさいを奴は恐れなかった。奴がたった一匹、何の挑発も受けていないのに、見知らぬ犬たちの群れに入っていって、全員を屈伏させるのを俺は見たことがある。奴がよく食べる、と俺は言っただろうか？　一度、鞭を食べているところをつかまえたことがある。嘘じゃない。先っぽの軟らかいところから始めて、俺がつかまえたときには把手まで来ていて、まだ先へ行こうとしていた。

だが見栄えはいい犬だった。最初の一週間の終わりに、俺たちは奴を七十五ドルで騎馬警官隊に売った。警官隊なら経験豊かな犬使いがいるから、千キロを旅してドースンに着くころには奴もきっと立派な橇犬になると俺たちにはわかった。わかった、と言うのは俺たちはあのスポットを知りはじめたばかりだったからだ。もう少し経つと、奴について何かがわかるなんて大それたことは言わなくなった。一週間後の朝、俺たちはすさまじい犬の喧嘩で目を覚ました。あのスポットが戻ってきて、橇犬隊に焼きを入れているのだ。俺たちは実に気の滅入る朝食を食べた。が、二時間後に、政府の公文書を携えてドースンに向かう配達人に奴が売れたので俺たちは気をよくした。そして戻ってくるには三日しかかからず、いつものように奴は己の帰還を大喧嘩で祝った。

自分たちの荷物を峠の向こうまで運んだあと、俺たちはその冬と春、他人の荷物を運ぶ仕事を請け負って相当に儲けた。それにスポットも金になった。一度売るのも、二十回売るのも同じなのだ。奴はいつでも戻ってきて、誰も金を返せとは言わなかった。俺たちも金が欲しいわけじゃなかった。奴を永久に引きとってくれる人がいたら、こっちからたっぷり金を払っただろう。何とかして奴を追っ払いたいが、ただでくれてやろうとしたら怪しまれてしまう。けれども、何しろ見栄えがいいので、売るのはいつも訳なかった。「飼い慣らしてませんよ」とこっちは言うのだが、向こうはどんな値段でも払ってくれる。安いときは二十五ドルで売ったし、一度などは一五〇ドルで売れた。この額を出した男はじきじきに返しに来て、金は返さなくていいと言い、そいつが我々を罵倒する言葉たるや、そりゃもうすさまじかった。あんたらを存分に罵れるならこのくらい安いもんだ、とその男は言った。男の言うことすべてそのとおりだと思ったので、俺たちは何も言い返さなかった。けれど俺は、この男と話す前に持っていた自尊心をいまだ完全に取り戻していない。

湖や川の氷が融けてなくなると、俺たちはベネット湖から出る船に荷物を載せて、ドースンに向けて出発した。橇犬たちはいい犬揃いだったから、もちろん荷物の上に犬たちも乗せた。あのスポットも一緒だった——捨てようにも捨てられやしない。船に乗った最初の日、スポットは十回ばかりほかの犬と喧嘩して相手を水の中につき落とした。狭い場所に入れられて、窮屈なのを嫌ったのだ。

「あの犬に必要なのはスペースだ」と二日目にスティーヴは言った。「あいつを島流しにしよう」

俺たちはこれを実行した。奴が陸に跳び移るようにと、カリブー・クロッシングでボートを岸に寄せた。ほかの犬たちのうち二匹が——どっちもいい犬だった——ついて行った。この二匹を捜して俺たちは丸二日無駄にした。結局二匹とも見つからずじまいだったが、とにかく静かになり、余計な心配事もなくなったので、一五〇ドル受けとるのを拒んだ男と同じに、二匹で済むなら安いものだと俺たちも思うことにした。何か月ぶりかでスティーヴも俺も高らかに笑い、口笛を吹き、歌った。俺たちはとことん上機嫌だった。暗い日々は終わった。悪夢は去った。あのスポットはいなくなったのだ。

三週間後のある朝、スティーヴと俺はドースンの川岸に立っていた。小さなボートがベネット湖から着くところだった。スティーヴがギョッとするのを俺は見て、奴が何か下卑た言葉を、こっそりささやきもせず露骨に言うのを聞いた。俺は奴が見ている方を見てみた。ボートの舳に、耳をぴんと立ててスポットが座っていた。スティーヴと俺はすぐさまコソコソとその場を去った——打ち負かされた駄犬のように、臆病者の人間のように、正義からの逃亡者のように。コソコソ逃げる俺たちを見た警察署長補佐は、まさにこの第三の範疇を考えた。ボートには我々を追う警察官が乗っているものと署長補佐は推測した。問い合わせもせずに、署長補佐は我々から目を離さず、M&M酒場で我々を追いつめた。俺たちはボートに戻ってスポットと対面するのを拒んだため、釈明するのはちょっとした茶番劇となった。結局署長補佐は、別の警察官に我々の監視を任せて自分でボートに行った。やっと放免された俺たちがキャビンに帰ると、玄関前の階段にあのスポットが座って俺たちを待っていた。俺たちがそこに住んでることが、いったいどうやってわかったのか？　その夏ドースンには四万の人間がいた。無数にあるキャビンの中で、俺たちのキャビンをどうやって嗅ぎつけたのか？　そもそも俺たちがドースンにいることがどうしてわかったのか？　答えは読者の想像に委ねよう。だが忘れないでほしい、俺が奴の知恵について言ったことを、奴の目に光るのが見えたあの不滅の何かのことを。

もはや奴を追い払いようはなかった。チルクートで奴を買った人間がドースンには大勢いて、すっかり噂が広まっていた。五、六回、ユーコン川を下る蒸気船に奴を乗せはしたが、奴はあっさり最初の船着き場で船を降りて、土手沿いにとっとっと戻ってきた。俺たちは奴を売れもしないし、殺せもしないし（スティーヴも俺もやってみたのだ）、ほかの誰にも殺せはしない。スポットは魔法の生を生きていた。表通りで犬たちの喧嘩になって奴が倒され、五十四の犬に上からのしかかられたのを見たことがあるが、終わってみると奴はすくっと四本脚で立ち上がり、どこにも怪我はなく、上に乗っていた犬のうち二匹は死体となって転がっていた。

ディンウィディ少佐の食料置き場から、あのスポットがヘラジカの肉の塊を盗むのを見たことがある。少佐夫人に雇われたインディアンの料理女が斧を持って追いかけてきて、肉があまりに重いのでさすがのスポットも、かろうじて一跳び分先を走るのが精一杯だった。奴が丘の上に逃げおおせ、インディアン女があきらめると、ディンウィディ少佐が自ら出てきて、そこらへんに向けてウィンチェスターをぶっ放した。弾倉が二度空（から）になるまで撃ちまくったが、あのスポットにはかすりもしなかった。やがて警官が出てきて、市街地で発砲した廉で少佐を逮捕した。ディンウィディ少佐は罰金を払い、スティーヴと俺は少佐に、ヘラジカ肉の弁償として重さ一ポンド（骨を含む）一ドルの割合で払った。少佐自身、その値段で買っていたのだ。その年は肉が高かった。

俺は自分の目で見たことを語っているだけだ。ここでもうひとつ別の話を。あのスポットが凍った川の水穴に落ちるのを見たことがある。一メートルを超える厚さの氷が張っていて、水の流れはストローのように奴を吸い込んだ。三百メートル下流に、病院が利用している別の大きな水穴があった。スポットはその穴から這い出て、体についた水を舐めて拭き、足指のあいだにくっついた氷を噛んで剝がし、土手沿いにとっとっと上がっていって、金鉱監督官の飼っている大きなニューファンドランド犬を叩きのめした。

一八九八年の秋、スティーヴと俺はボートの棹を操り、凍る直前のユーコン川をスチュアート川めざしてのぼっていった。スポット以外、犬も全員連れていった。もうスポットは十分長いこと食わせてやったと俺たちは判断したのだ。チルクートで奴を何度も売って稼いだ以上に、時間、手間、金、食べ物を俺たちは奴に奪われていた――特に食べ物を。というわけでスティーヴと俺は奴をキャビンに縛りつけて、立ち去った。その夜はインディアン川の河口で野営し、奴を厄介払いしたことで二人ともすっかり舞い上がり、軽口を叩きあった。スティーヴがさんざんおどけて、俺は毛布にくるまり座ってゲラゲラ笑っていると、竜巻が襲ってきた。犬たちのただなかに、あのスポットがずかずか入ってきて、彼らをとっちめるさまのあまりの恐ろしさに、見ていて髪が逆立った。いったいどうやってロープを解いたのか？　これまた読者に考えてもらうしかない。俺には何の説も思いつかない。そして、どうやってクロンダイク川を渡ったのか？　これも謎。そもそも、俺たちがユーコン川をのぼっていったことがどうしてわかったのか？　俺たちは水路で行ったのであり、匂いをたどって追えはしない。スティーヴも俺も、あの犬に迷信めいた思いを抱きはじめた。何とも神経に障る犬だったし、こっそり打ちあければ、俺たちはほんの少し奴に怯えていた。

ヘンダスン・クリークの河口にいたときに水が凍って、俺たちは銅を求めてホワイト川をのぼっていく一行相手に、スポットを小麦粉二袋と交換した。その後この一行は行方不明になった。いかなる形跡も、人や犬の遺体も、橇も、何ひとつ見つからなかった。完全にこの世から消えてしまったのだ。この一件はこの地にまつわる謎のひとつとなった。スティーヴと俺はスチュアート川をじわじわ上がっていったが、六週間後、スポットが野営地に這って入ってきた。歩く骸骨といった有様で、体を引きずって進むのがやっとだったが、とにかくたどり着いたのだ。ここでもいったいぜんたい、俺たちがスチュアート川沿いにいると誰から聞いたのか？　俺たちが行けた場所はほかにもゴマンとある。どうやってわかったのか？　教えてほしいものだ。

追い払いようはない。マイオー川沿いではインディアンの犬と喧嘩になって、飼い主のインディアンが斧でスポットに打ちかかり、狙いが外れて自分の犬を殺してしまった。魔法の力で弾の針路をそらす、とか言うけれど、大男のインディアンが振り下ろす斧をそらす方が俺に言わせればよっぽど難しい。そして俺は、奴がそれをやってのけるのをこの目で見たのだ。インディアンは自分の犬を殺す気なんかなかった。あったと言うなら証拠を見せてほしい。

スポットが俺たちの食料置き場に泥棒に入ったことはさっき言った。おかげで俺たちは危うく餓死しかけた。肉だけが唯一生き延びる糧なのに、殺して食べようにももう肉はなかった。ヘラジカたちは千キロあまり奥地に引っ込んでしまい、しかもインディアンたちが一緒だ。どうしようもない。春はもうじきだが、まずは川の氷が融けるのを待つしかなかった。俺もスティーヴも相当痩せてしまったところで、犬を食べることを決断した。まず最初にスポットを食べよう、と俺たちは決めた。するとあの犬はどうしたか？　こっそり逃げたのだ。奴を食べると俺たちが決心したことがどうしてわかったのか？　奴が現われるかと俺たちは夜な夜な待ち伏せしたが、いつまでも戻ってこなかった。俺たちはほかの犬を食べた。一匹残らず食べてしまった。

さて、続きである。大きな川の氷が融けるときの様子は読者もご存じだろう。何十億トンもの氷が流れ出し、たがいにつっかえ、ギリギリ挽(ひ)きあい、つぶしあう。まさにそうやってスチュアート川が融けて、ゴロゴロザアザアすさまじい音を立てているとき、川の真ん中にスポットがいるのを俺たちは見た。どこかもっと上流の方で渡ろうとしている最中、流れに捕まったのだろう。スティーヴと俺は奇声を上げ、わめき、土手を駆けめぐり、帽子を宙に投げ上げ、時おり立ちどまっては抱きあった。俺たちはそれほど有頂天だった。これでスポットも一巻の終わりだ。万にひとつも助かる見込みはない。まるっきりチャンスはない。氷がひととおり割れて砕けると、俺たちはカヌーに乗り込み、ユーコン川を漕いで下っていき、ユーコンからドースンに行った。しっかり栄養を貯えるために、ヘンダスン・クリークの河口のキャビンで一週間過ごすつもりだったのである。ドースンの川岸に着くと、あのスポットが座っていて、俺たちを待っていた。耳をぴんと立てて、尻尾を振り、口許に笑みを浮かべ、心からの歓迎の意を表している。あの氷からどうやって脱出したのか？　俺たちがドースンに来るとどうしてわかったのか、どうしてまさに時間まで合わせて、川岸に出て俺たちを待っていたのか？

あのスポットのことを考えれば考えるほど、この世には科学を超えたものがあるという確信が募ってくる。あのスポットについて、いかなる科学的説明も成り立たない。それは心霊現象だか、神秘主義だか、そんなたぐいのもので、そこに神智学なんかもたっぷり盛り込まれているんだと思う。クロンダイクはいい場所だ。あのスポットさえいなかったら、ひょっとして俺はいまもあそこにいて、百万長者になっていたかもしれない。奴はとにかく俺の神経に障ったのだ。二年間ずっと我慢した末に、さすがに俺も忍耐が尽きたのだろう。一八九九年の夏、俺は北の地を去った。スティーヴには何も言わなかった。ただこっそり立ち去った。でも埋め合わせはちゃんとやった。スティーヴに手紙を書いて、「ネズミ殺し」の包みを同封し、使い方も伝えたのだ。あのスポットのおかげで俺は骨と肉ばかりになって、神経もだいぶ参っていて、声の届く範囲に人が誰もいないと、びくっとしてあたりを見回す有様だった。けれども、ひとたび奴がいなくなると、俺の回復ぶりは驚異的だった。サンフランシスコに着く前に体重も十キロ取り戻し、フェリーに乗ってオークランドに着いたころにはすっかり元の自分に戻っていて、妻でさえ、どこか変わっていないかと空しくあちこちを見た。

スティーヴは一度だけ返事をよこした。なんだか苛ついた感じの手紙だった。俺がスポットを押しつけていなくなったことが、どうも気に食わないらしかった。それに、奴が言うには、「ネズミ殺し」も指示どおり使ったけれど全然効き目はなかったらしい。一年が過ぎた。俺は仕事に復帰して、何もかもが上手く行っていて、少し太ってきてさえいた。そこへスティーヴが戻ってきた。が、俺に会いには来なかった。蒸気船の乗客名簿に奴の名前を見ていたので、どうしたんだろうと不思議だった。だがその不思議も長くは続かなかった。ある朝起きてみると、わが家の門柱にあのスポットが鎖で繋がれていて、牛乳配達を通せんぼしていた。スティーヴがその朝シアトルに発ったことを、あとで俺は知った。俺はもうそれ以上太らなかった。妻は俺に命じて奴の首輪と名札を買わせ、一時間と経たぬうちに奴はその礼に妻が飼っているペルシャ猫を殺した。あのスポットを捨てようはない。奴は俺が死ぬまで俺の許にいるだろう――奴は永久に死なないだろうから。奴が現われて以来俺の食欲はいまひとつで、あなたやつれて見えるわよと妻にも言われる。昨日の夜、あのスポットはミスター・ハーヴィの鶏小屋に入り込み（ミスター・ハーヴィはわが家のお隣さんである）、丹念に育てた上等の鶏を十九羽殺した。俺が弁償するしかないだろう。反対側のお隣さんは俺の妻と喧嘩して、結局よそへ引っ越していった。原因はスポットだった。俺がスティーヴン・マッカイに失望したのはそういうわけである。あんなに卑劣な男だとは思わなかった。

野生の呼び声
The Call of the Wild

Ⅰ　原始の中へ

「流離（さすらい）への太古の想い　心に溢れて
　慣習（しきたり）の鎖に抗い、
冬の眠りより　いま一度（ひとたび）
　目を覚ます野生の魂。」

バックは新聞を読まなかった。読んでいたら、災難が差し迫っていることがわかっただろう。彼のみならず、ピュージェット湾からサンディエゴまで西海岸一帯に棲む、筋肉たくましく毛は温かく長いすべての犬にとって。それもみな、人間たちが極地の闇をうろついて黄色い金属を発見し、汽船・運輸会社が派手に宣伝した結果、何千何万もの男たちが我先に北の地へ押しよせていたためである。これらの男たちは犬を求めていて、彼らが求めているのは、大型の、厳しい仕事をこなすたくましい筋肉と、極寒（ごっかん）から体を護るふさふさの毛皮を持つ犬だった。

陽ざしあふれるサンタクララ・ヴァレーの家にバックは住んでいた。ミラー判事のお屋敷、とそこは呼ばれていた。道からゆったり引っ込んだ館を木々が囲んでなかば隠し、そのすきまから覗いてみると、幅広の涼しげなベランダが四方にめぐらされている。砂利敷きの私道が屋敷まで、広々とした芝生の中をうねるように延び、高いポプラの大枝が絡みあう下を通っていた。裏に回ると、表側よりさらにたっぷりした空間が広がり、大きな厩（うまや）がいくつもあって十人あまりの馬番や小僧が仕事に励み、蔦（つた）の絡まる召使い小屋が何列も並ぶほか、物置小屋、長い葡萄棚、緑の牧草地、果樹園、ベリー畑などがはてしなく、秩序正しく連なっていた。さらには被圧井戸のポンプがあり、大きなセメントの水槽があって、ミラー判事の息子たちが朝には水浴を楽しみ、暑い午後には涼（りょう）をとっていた。

この広大な地所に、バックは君臨していた。ここで生まれて、四年の生涯をずっとここで過ごしていた。たしかに、犬はほかに何匹もいる。これだけ広ければ、ほかに犬がいないなんてことはありえない。だが彼らは勘定に入らなかった。よそから来ては、混みあった犬舎に住み、いずれまたいなくなる。あるいは、狆（ちん）のトゥーツやメキシカンヘアレス犬イサベルのように、屋敷の奥に引っ込んで暮らし、めったに戸外に鼻を出さず地面に足も触れないおかしな連中もいる。その一方、フォックステリアも最低二十四はいて、窓から彼らの方を眺めているトゥーツやイサベルに向かって威嚇のメッセージを吠えたてたが、屋敷の中の犬たちは箒やモップで武装したメードの大軍に護られていた。

だがバックは室内犬でも犬舎の犬でもなかった。地所全体が彼のものだった。判事の息子たちと一緒に水浴槽に飛び込み、狩りに行った。判事の娘のモリーとアリスに付き添って長い黄昏どきや朝早くに散歩に出かけた。寒い冬の夜は、あかあかと燃える書斎の暖炉の前で判事の足下に横たわった。判事の孫たちを背に乗せ、芝生の上で彼らを転がし、彼らが厩の中庭の噴水まで、さらにその先の放牧場やベリー畑まで冒険に乗り出す際にはその歩みを護った。テリアたちの中では傲然と歩き、トゥーツとイサベルは完全に無視した。なぜなら彼は王だったからだ。ミラー判事の地所に住むすべての這うもの、歩くもの、飛ぶものの王だった。人間も例外ではなかった。

バックの父親エルモは巨大なセントバーナードで、判事の許を一時も離れぬ友だった。そんな父の跡をバックも継ぐことになりそうだった。まあ父ほど大きくはなく、体重は一四〇ポンド程度。母親のシェップはスコッチシェパードだったのである。とはいえその一四〇ポンドには、よい暮らしを送り誰からも敬われていることから生まれる威厳が備わっていて、まさに王にふさわしい立居振舞いであった。仔犬のころから四年間、満ち足りた貴族の暮らしを送ってきたせいで、己を誇る気持ちは強く、町から離れて暮らす田舎の富豪が陥りがちな若干の尊大さもあった。けれども彼の場合、家の中で甘やかされて飼われる犬にならなかったのは幸いだった。狩りをはじめ、さまざまな戸外活動に勤しんでいるおかげで贅肉もつかず、筋肉も引き締まっていた。そして、冷水浴をたしなむ人種同様、バックも水を愛し、それが強壮作用をもたらし、健康維持に役立っていた。

一八九七年秋、犬のバックがかような身の上であったとき、クロンダイクで金鉱が発見され、厳寒の北の地に世界中の人間が引き寄せられた。だがバックは新聞を読まなかったし、庭師下働きのマヌエルが交わるには望ましくない相手であることも知らなかった。マヌエルにはひとつ、治しようのない悪徳があった。中国富くじである。そしてまた、そうやって賭けに興じるなかで、治しようのない弱点がひとつあった。必勝法、というものを彼は信じていたのである。これによって、彼の破滅は確実なものとなった。なぜなら、必勝法に従って賭けるには金が要るのであり、庭師下働きの給料では、妻と大勢の子供たちを食べさせていくにもとうてい足りないのだ。

判事が乾(ほし)ブドウ生産者組合の会合に出かけていて、息子たちはスポーツクラブを組織しようと忙しく働いていたその忘れがたい夜、マヌエルの裏切りが為されたのだった。彼とバックが果樹園を抜け、バックとしてはただの散歩のつもりでその先まで行くのを見届けた者は一人もいなかった。ただ一人の男を例外として、カレッジパークの名で知られる、手を上げないと列車も止まらぬ小さな駅に彼らが着くのを見た者もいなかった。この男がマヌエルと話をし、二人のあいだでやりとりされた金がチリンと鳴った。

「届ける前に梱包してきてもよさそうなものだぜ」と見知らぬ男がぶっきらぼうに言い、マヌエルが丈夫な縄をバックの首の、首輪の内側にふた回り巻きつけた。

「こいつをねじれば、しっかり息が詰まる」とマヌエルは言い、見知らぬ男もすぐさま肯定のうなり声を漏らした。

　バックはその縄を、静かな威厳とともに受け容れた。たしかに異例のやり方ではある。だがバックは、自分が知っている人間を信頼するということ、自分には届かぬ叡智が彼らにあると見なすことを学んでいた。とはいえ、縄の両端が見知らぬ男の手の中に置かれると、バックは威嚇するように低くうなった。そうやって不快感をほのめかしただけだったが、誇り高い彼としては、ほのめかせばそれが命令になるものと信じていたのである。だが驚いたことに、首に巻かれた縄はますますきつくなり、息が遮られてしまった。カッと怒りを募らせてバックは男に飛びかかったが、相手は待ち構えていたかのように受けて立ち、バックの喉をぎゅっと摑んで、手際よくひねりを加えてバックを仰向けに投げ飛ばした。それから縄がさらに容赦なく締められ、バックは激昂してあがき、舌はだらんと口から垂れて、胸は空しく喘いだ。生まれてこのかたこんなにひどい扱いを受けたことはなかったし、こんなに腹が立ったこともなかった。だが力はすうっと退いていき、目から光が失われ、列車が合図を受けて停車し二人の男が彼を貨物車両に投げ込んだときには、バックはもう気を失っていた。

　気がつくと、舌が痛むことと、何かの乗り物に乗せられてガタゴト進んでいることがぼんやり意識にのぼった。踏切を通る際に機関車が鳴らす嗄れた甲高い音を聞いて、ここがどこなのかもわかった。いままで何度も判事と一緒に汽車に乗っていたので、これは貨物車両だと体がわかったのである。目を開けると、誘拐され束縛を解かれた王の怒りがその目に浮かんだ。男はバックの喉めがけて飛びかかってきたが、バックは相手よりすばやかった。あごが男の手をはさんでがっちり閉じ、ふたたび縄を締められて意識がなくなるまで緩まなかった。

「ええ、癇癪（かんしゃく）持ちでしてね」と男は、争いの音を聞きつけてやって来た貨物係から、滅茶苦茶に嚙まれた手を隠しながら言った。「ボスに言われてフリスコ（サンフランシスコのこと）に連れてくんです。腕利きの犬医者がいましてね、治してみせるって言ってまして」

その夜の汽車の体験を、男はのち、サンフランシスコの波止場にある酒場の裏手の小屋でこの上なく雄弁に語ることになる。

「俺の取り分、たったの五十だぜ」と男は愚痴った。「即金千ドルって言われたって、二度とやるもんか」

男の片手は血に染まったハンカチに包まれ、ズボンの右脚は膝からくるぶしまで裂けていた。

「もう一人はいくら取ったんだ？」と酒場のあるじは訊いた。

「百」と答えが返ってきた。「びた一文負けられないってんだ、まったく」

「じゃ全部で一五〇か」とあるじは計算した。「たしかにこの犬、それだけの値打ちはあるな」

誘拐犯は血に汚れた包帯をほどいて、ずたずたに裂けた自分の手を眺めた。「これでもし恐水病にでもなったら――」

「大丈夫、お前は縛り首になる運命さ」と酒場のあるじは笑って言った。「さ、行く前にちょっと手を貸してくれ」

頭はぼうっとし、喉と舌は耐えがたいほど痛み、命も半分絞りとられた気分だったが、バックは自分を苦しめる者たちに立ち向かおうと試みた。だが何度も投げ飛ばされ、窒息させられた挙げ句、やがて男たちは、やすりを使って重い真鍮の首輪を外してしまった。縄が外され、バックは檻のような木箱に投げ込まれた。

呪わしいその一夜、横になって、激しい怒りと傷ついた誇りを抱えて過ごした。いったいどういうことなのか、さっぱりわからなかった。この見知らぬ男たちは、自分をどうしようというのか。どうしてこんな狭い木箱に閉じ込めたりするのか。なぜか酷(むご)い事態が迫っている気がして、気持ちが沈んだ。夜のあいだに何度か、小屋の扉がガチャガチャ鳴って開くたび、判事が、あるいはせめて息子たちが来たかと思って跳び上がった。だがそのたび、獣脂蠟燭(じゅうしろうそく)の青白い光に照らされてこっちを覗いているのは、酒場のあるじの膨れ上がった顔だった。そしてそのたび、バックの喉で震えていた歓喜の吠え声は、野蛮なうなり声へとよじれてしまうのだった。

けれども酒場のあるじは彼に余計な手を出したりはせず、朝になると男が四人入ってきて木箱を持ち上げた。こいつらも自分を苦しめる者たちだとバックは思った。見るからに邪悪そうで、服はぼろぼろ、髪もぼさぼさだったのだ。バックは鉄格子の向こう側から男たちに襲いかかろうとした。男たちは笑うだけで、棒切れでバックをつっつき、バックはすぐさまそれらの棒切れに噛みついたが、やがてそれこそ向こうの思うつぼなのだと悟った。そこで彼はむっと拗（す）ねた気持ちで横たわり、木箱が荷馬車に運び込まれても大人しくしていた。それ以後バックは、そしてバックを閉じ込めた木箱は、多くの人から人の手を経ることになった。運送会社の職員たちが彼を受けとり、また別の荷馬車に乗せた。さまざまな箱や小包と一緒にバックは荷車に乗せられ、フェリーの蒸気船に運び込まれた。蒸気船からそのまま大きな鉄道駅へ連れていかれて、ついには急行貨物車両に乗せられた。

車両は列車の一番うしろに繋（つな）がれ、二日二晩、金切り声を上げる機関車に引かれていった。二日二晩、バックは食べも飲みもしなかった。はじめは怒りに駆られて、近づいてくる貨物配達人たちに向けてうなり声を発し、彼らもからかいの言葉で応酬した。バックが身を震わせ口から泡を吹きながら鉄格子に体当たりすると、配達人たちは彼をあざ笑い、からかった。みんなおぞましい犬のようにグルルとうなりワンワン吠え、ニャーと鳴き、両腕をパタパタ振りながらコッコーと鳴いたのである。何もかも馬鹿げた真似だとバックにはわかったが、だからこそいっそう自分の威厳を傷つけられたことが腹立たしく、怒りは募る一方だった。空腹はさほど気にならなかったが、水が飲めないのは非常に辛く、ゆえに憤怒も狂おしいほどに高まった。そもそも、元々神経質で繊細な性格であるところへ持ってきて、邪険な扱いを受けたために相当の興奮状態に陥っていて、喉も舌も乾いて腫れたせいでそれがいっそう煽（あお）られたのだった。

ひとつ有難いことに、首の縄はもう外れていた。あんなものを巻かれていたせいで、いままでは不当に向こうの有利になっていた。でももうそれも外れたのだから、今度はこっちが思い知らせてやる。もう二度と縄など巻かれたりするものか。そのことは固く決意していた。二日二晩飲まず食わずが続き、その二日二晩の苦痛のあいだ、バックは憤怒を蓄積させていった。誰であれ、彼と次に相対（あいたい）する者には険呑（けんのん）と言うほかない。目は赤く充血し、いまや怒り狂う悪鬼にバックは変身していた。あまりにも変わりはてていたから、判事その人が見てもバックだとはわからなかっただろう。シアトルに着いて、彼を列車から降ろして送り出すと、配達人たちは安堵の息をついた。

四人の男が木箱を荷馬車から慎重に降ろし、高い塀に囲まれた狭い裏庭に運び入れた。がっちりした体つきの、首回りがだらしなくのびた赤いセーターを着た男が出てきて、御者から渡された帳簿にサインした。こいつだ、こいつが次に自分を苦しめる者だ、とバックは直感し、鉄格子に思いきり体当たりした。男はいかめしくニヤッと笑い、斧と棍棒を持ってきた。

「すぐ出さないのか？」と御者が訊いた。

「出すとも」と男は答え、木箱をこじ開けようと、斧を打ち込んだ。

箱を運んできた四人はたちまち散らばって、塀の上の安全な位置から作業を見物しにかかった。

斧に裂かれた木にバックは飛びかかり、がっちり歯を食い込ませ、身を波打たせてそれと格闘した。斧が外側のどこに食い込んでも、バックはその内側に行き、歯を剝（む）いて、うなり声を上げた。外に出たいとバックは烈しく欲していたが、赤いセーターの男はそれとは裏腹に落着き払い、バックを出す作業を悠然と進めていた。

「さあ来い、赤目の悪魔」と男は、バックの体が通るくらいのすきまが出来たところで言った。と同時に、斧を放り出し、棍棒を右手に持ち替えた。

そしてバックは、真に赤目の悪魔であった。飛びかかるべく身を縮こまらせ、毛は逆立って口からは泡を吹き、充血した目には狂気の光がみなぎっていた。二日二晩の怨念を上乗せした一四〇ポンドの怒りを、バックは丸ごと男に浴びせた。中空で、あごがいまにも閉じて男の体に食い込むかというところでバックは激しい衝撃を味わい、突進は食い止められ歯もぱちんと痛々しく閉じた。体がぐるっと回って、背中と脇腹が地面を打った。いままで一度も棍棒で打たれたことはなかったから、何が起きたのかもわからなかった。吠えるというより悲鳴に近いうなり声とともにバックはふたたび立ち上がり、宙に跳んだ。そしてふたたび衝撃を受け、地面に叩きつけられた。今回はそれが棍棒だとわかったが、バックの狂気は用心ということを知らなかった。十度あまり突撃し、そのたびに棍棒に遮られて叩き落とされた。

とりわけ強い一打を浴びたあと、バックは這うようにして起き上がった。あまりにぼうっとなって、もはや突進する気力もなかった。よたよた動き回り、鼻と口と耳から血が流れ、美しい毛皮には血の混じった唾液が飛び散ってまだら模様を作っていた。と、男が近づいてきて、バックの鼻に念入りな一打を浴びせた。それまで耐えてきたすべての痛みも、この激痛に較べれば無に等しかった。ほとんどライオンのように烈しくバックは吠え、もう一度男に襲いかかった。だが男は棍棒を右手から左手に持ち替え、涼しい顔でバックの下あごを摑んで、すかさず下向き、うしろ向きにねじった。バックは宙で綺麗にひとつ輪を描き、さらにまた半円を描いたのち頭と胸から地面に激突した。

さらにもう一度だけバックは突進した。これまでずっと、わざと控えていた痛烈な一撃を男は浴びせ、バックは崩れ落ち、倒れた。衝撃に意識もすっかり失われた。

「大した犬馴らしだよ、まったく」と塀で見ていた男たちの一人が熱狂して叫んだ。

「俺ぁカイユース〔小馬の一種〕馴らしてる方がずっといいね、犬なんかお断りだ」と御者は荷馬車に乗り込みながら言い、馬たちに鞭を入れた。

バックの意識が戻ってきたが、力は戻ってこなかった。倒れた場所に横たわったまま、赤いセーターの男を眺めた。

「『バックと呼ぶと応える』」と男は、酒場のあるじの書いた、木箱の中身を記した送り状の文句を呟いた。「よう、バック」と男はにこやかな声で続けた。「俺たちちょいとやり合ったけどさ、これでもう水に流すのが一番だよ。これでお前はお前の立場がわかったし、俺は俺の立場がわかってる。言うこと聞けよ、そしたら万事うまく行く。逆らったら、俺がとことん痛めつける。いいな？」

そう言いながら男は、さっきはあれほど容赦なく叩いた頭を怖がりもせずに撫でた。手を触れられて毛はとっさに逆立ったが、バックは文句も言わずその手に耐えた。男が水を持ってくるとそれをごくごく飲み、その次は生肉をたっぷり、一かたまり一かたまり男の手から貪った。

　負かされた——それはわかっていた。が、挫けてはいなかった。棍棒を持った人間相手に勝ち目はないということははっきり思い知った。もうそのことは学んだのであり、バックは生涯その教えを忘れなかった。棍棒はまさに啓示であった。こうして、原初の掟の力に初めて触れたバックは、その教えを進んで受けとめた。生のさまざまな事実は、かつてない荒々しい様相を帯びるに至った。その新たな様相にバックは怯(ひる)まず向きあい、そうやって向きあうとともに、いままで本能の中に眠っていたしたたかさが一気に目覚めていった。その後の日々、ほかの犬たちが木箱に入れられ縄に繋がれてやって来た。ある者は大人しくふるまい、ある者はバックが来たときと同じく怒り狂い、吠えた。そして彼らが一匹残らず、赤いセーターを着た男の支配下に入っていくのをバックは見届けた。何度も何度も、残忍なやりとりを見るたび、教えがまた新たに叩き込まれた。棍棒を持った人間は掟を定める者、服従すべき主人であるが、かならずしも追従(ついしょう)する必要はない。バック自身は追従に堕したりはしなかったが、打ち負かされた犬たちが男にじゃれつき、尻尾を振り、手を舐めるのはさんざん目にした。また、ある犬が、追従も服従もせず、自分こそ主人になろうと争って結局殺されるのも見た。

　時おり男たち、見たことのない男たちがやって来て、赤いセーターの男相手に、熱っぽかったり、取り入ろうとしたり、その他いろんな口調で喋った。そうして、金が両者のあいだを行き来すると、男たちは犬を一匹かそれ以上連れていった。どこへ行くのだろう、とバックは不思議に思った。犬たちは決して戻ってこなかったからだ。けれども、未来を恐れる気持ちは強く、自分が選ばれずに済むたびにバックは嬉しく思った。

だが、とうとう彼の番が回ってきた。相手は萎(しな)びた小男で、ブロークンな英語を吐き出すように話し、バックには理解できないがさつで聞き慣れぬ叫びをくり返し発した。

「何てこった(サクルダム)!」と男はバックに目をとめたとたんに叫んだ。「これ、すごくいい犬! え? いくら?」

「三百ドル。それでもただみたいなもんだぜ」と赤いセーターの男は迷わず答えた。「どうせ政府の金なんだからあんた痛くも痒(かゆ)くもないだろ、ペロー?」

ペローはニヤッと笑った。空前の需要で犬の値段が高騰したことを思えば、これだけ立派な犬なら決して不当な値ではない。カナダ政府としても損はないはずだし、政府の公僕たちの移動も速まるというもの。ペローには犬を見る目があった。バックを見たとき、千匹に一匹の犬だと彼にはわかった。「一万匹に一匹」とペローは胸のうちで評した。

両者のあいだで金が取り交わされるのをバックは目にし、性格のよいニューファンドランド犬カーリーと自分とが萎びた小男に連れていかれたときも驚きはしなかった。赤いセーターの男を見たのはこれが最後だったし、シアトルの町が退いていくのを〈一角鯨(ナーワル)〉号の甲板からカーリーと一緒に眺めたのが、暖かい南の地を見た最後だった。ペローはカーリーと彼を甲板の下に連れていき、フランソワという名の、顔の黒い大男に引き渡した。ペローはフランス系カナダ人で浅黒かったが、フランソワは同じフランス系カナダ人でもインディアンと白人の混血で浅黒さも倍だった。バックにとって彼らは新しい種類の人間であり（この種類の人間にはその後もっとたくさん出会うことになった）、彼としてはこの連中に何ら愛着を抱くには至らなかったが、それでもやがて、彼らに本気で敬意を持つようになった。ペローとフランソワが公平な人間であることをバックはじきに悟った。冷静に、偏(かたよ)りなく正義を為し、犬にだまされたりはしないくらい犬のこともよく知っていた。

ナーワル号の、甲板と甲板のあいだの場所で、バックとカーリーは先客の犬二匹に仲間入りした。一匹はスピッツベルゲン〔ノルウェー北方の島〕から来た雪のように白い大きな雄犬で、元々は捕鯨船の船長に連れてこられて、のち地質調査に同行してカナダのツンドラ地帯にやって来たのだった。一見気の好(い)い、実は油断のならない、ニコニコ笑顔を向けながら肚(はら)では何か陰険な企(たくら)みを考えている犬だった。最初の食事のときにバックの食べ物を盗んだときなどもまさにそうで、懲らしめてやろうとバックが跳び上がると、フランソワの鞭が宙でひゅうっと歌い、バックより先に加害者に届いたので、バックは骨を取り戻すだけでよかった。これは公平な行ないだとバックは判断し、フランソワに対する彼の評価は一気に上がった。

もう一匹の犬は接近してもこないし、相手の接近も受けつけなかった。新参者たちから盗もうともしなかった。陰気な気難しい犬で、カーリーに対して、とにかく自分は放っておいてほしいのだ、放っておいてもらえなければおたがい面倒なことになる、という意思をはっきり伝えた。「デイヴ」と呼ばれていて、食べて眠り、そのあいだにはあくびするだけで、ほかのことにはいっさい興味を示さなかった。ナーワル号がクイーンシャーロット湾を横断する際、魔物に憑かれたみたいに縦に横に揺れ、跳ね上がったときも、バックとカーリーは怯えて半狂乱になっているのに、デイヴはうっとうしそうに顔を上げ、興味なさげな目でチラッと彼らを見ただけで、またあくびをして眠りに戻っていった。

昼も夜も、船は疲れを知らぬスクリューの脈動に合わせて揺れつづけた。どの日もほとんど同じだったが、気候がじわじわ寒くなってきていることがバックにははっきりわかった。ある朝、スクリューの音がついに止み、ナーワル号は興奮の空気に包まれた。犬たちにもそれは伝わり、変化がじき訪れることをバックは悟った。フランソワは彼らを縄で繋いで、甲板に連れ出した。冷たい木の床に降り立ったとたん、バックの足は白い、泥とよく似た軟らかいものの中に沈んだ。バックは鼻で荒く息をしながら跳びのいた。この白いものは、空からさらに降ってきていた。バックはぶるっと体を振ったが、白いものはなおも落ちてきた。好奇心に駆られて匂いを嗅ぎ、それから、舌に載せて舐めてみた。それは火のように舌を刺して、次の瞬間にはなくなっていた。バックは戸惑った。もう一度やってみたが、結果は同じだった。見物している連中は大笑いし、バックはなぜか自分を恥じた。これが彼の雪との出会いだった。

Ⅱ　棍棒と牙の掟

ダイイーの浜での第一日目は、バックにとって悪夢のようだった。一時間一時間がショックと驚きに満ちていた。文明の只中からいきなり引っぱり出されて、原初のものたちの只中に放り込まれたのだ。気だるい、陽ざしあふれる、ぶらぶら遊んで退屈するだけの生活とはまるで違う。ここには平和も、休息も、つかの間の安全もなかった。すべては混乱と戦闘であり、一瞬一瞬、生命も身体も危険にさらされていた。つねに気を張っていることが至上命令だった。ここの犬や人間は、都会の犬や人間ではない。犬も人もみな野蛮で、彼らの知る掟は棍棒と牙の掟だけだった。

犬同士がこの狼のごとき連中のように戦うのをバックは見たことがなかったし、その初めての体験は忘れがたい教えを彼の胸に刻み込んだ。たしかに、直接の体験ではない。直接であったなら、生き延びてその教訓を活かすこともなかっただろう。犠牲者はカーリーだった。彼ら一行が丸太販売所の近くで野営を張ると、カーリーは例によって気の好いそぶりで、大人の狼の大きさの――といっても彼女の半分もない――ハスキー犬に近よっていった。何の警告もなかった。閃光のように飛び出してきて、カチッと金属のように歯を食い込ませ、同じくすばやく飛びのく。カーリーの顔は目からあごまで引き裂かれた。

襲いかかって、飛びのく。これが狼の戦い方だが、それだけではなかった。三十四か四十四のハスキーが飛んできて、張りつめた、物言わぬ輪を作って、戦う二匹を取り囲んだのである。その物言わぬ張りつめた様子がバックには理解できなかったし、彼らが心待ちげに舌舐めずりしているのも不可解だった。カーリーが相手に突進すると、相手はふたたび一撃を加えてから脇へ飛びのいた。次に突進してきたカーリーをハスキーは胸で受けとめたが、その受け方に妙なひねりが加えられ、カーリーは転がり、倒れた。彼女はそれっきり立ち上がらなかった。見物していたハスキーたちはこれを待っていたのだった。低い声、甲高い声を上げながら彼らはカーリーに迫っていった。彼女は激痛の悲鳴を上げ、毛を逆立てた肉体のかたまりの下に埋もれてしまった。

あまりに突然、あまりに予想外の出来事に、バックは面喰らってしまった。彼の目の前で、スピッツベルゲン出のスピッツがいつも笑うときと同じように真っ赤な舌を突き出し、フランソワが斧を振り回しながら犬の群れの中に飛び込んでいった。棍棒を持った三人の男がフランソワを手伝って犬たちを蹴散らした。さして長くはかからなかった。カーリーが倒れてから二分のうちに、彼女を襲った連中は残らず棍棒で追い払われた。だが彼女は、血に染まった、さんざん踏まれた雪の中に力なく埋もれていた。体はほとんど文字どおり八つ裂きにされていた。そんな彼女を浅黒い混血男は見下ろして立ち、すさまじい悪態をついていた。その場面は眠りの中で何度も戻ってきてバックの心を乱すことになった。ではこれが、ここのやり方なのか。フェアプレーなんてものはない。いったん倒されたら、もうおしまいだ。ならば、絶対に倒れぬようにしなくては。スピッツがまた舌を出して笑った。その瞬間から、バックはスピッツを、烈しい、不変の憎悪でもって憎んだ。

カーリーの悲劇の死によって生じたショックから立ち直る間もなく、バックは新たなショックを被(こうむ)った。フランソワが彼の体に、革紐と留め金の組み合わさったものをくくりつけたのだ。それは牽具(ひきぐ)だった。これと同じものを、サンタクララ・ヴァレーで馬丁たちが馬につけるのをバックは見ていた。そして、馬たちが働くのを見ていたように、彼も同じく働かされることになった。フランソワの乗った橇(そり)を、谷間を縁どる森まで引いていき、薪(たきぎ)を積んで帰ってくる。こんなふうに役畜にされてバックの威厳は著しく傷つけられたが、ここで反抗するには彼はあまりに賢かった。何もかもが新しく、訳のわからぬことばかりだったが、意志の力を駆使してとにかく仕事に励んだ。フランソワは厳格であり、即座の服従を求め、鞭の力で即座の服従を得た。一方、後犬(ウィーラー)——橇にじかに繋がれる犬——として熟練したデイヴは、バックが過ちを犯すたびに彼のうしろ半身を噛んだ。先導犬(リーダー)で、同じく熟練したスピッツは、バックをつねに直接懲らしめられはしなかったものの、時おり鋭い非難のうなり声を上げたり、巧みに引き綱に体重をかけてバックの進む方向を修正したりした。バックはまたたく間に学んでいき、仲間二匹とフランソワの共同の教えの下、目を見張る進歩を遂げた。野営に戻るまでには、「ホー」と言われれば止まり、「マッシュ」で進み、道の曲がり目ではなるべく大回りし、荷を満載した橇が下り道を滑走していくときは後犬から距離をとることを覚えていた。

「三匹、すごくいい犬」とフランソワはペローに言った。「バック、引く力すごい。何でもすぐ覚える」

午後になると、文書を届ける旅を一刻も早く開始しようと、ペローはさらに二匹を連れて帰ってきた。「ビリー」「ジョー」と彼が呼ぶこの二匹は兄弟であり、どちらも純粋なハスキー犬だった。が、母親は同じでも、性格は昼と夜ほども違っていた。ビリーの唯一の欠点はお人好しすぎることだったが、ジョーはその正反対で、むすっとして内向的で、つねに歯を剝き、目に敵意をみなぎらせていた。バックは彼らを仲間として受け容れ、デイヴは無視し、スピッツはまず一方を、そしてもう一方を打ち負かしにかかった。ビリーは相手をなだめようとするかのように尻尾を振り、なだめても無駄だと見てとると回れ右して逃げ出し、スピッツの鋭い歯が脇腹に食い込むと、(依然なだめようとするような声で)叫んだ。だがジョーは、スピッツがいくらぐるぐる回っても、それに合わせて体を回転させて相手と向きあいつづけた。たてがみは逆立ち、耳はうしろに倒れ、唇はねじれてうなり声を漏らし、あごはすばやく閉じてしっかり嚙み、悪魔のようにぎらぎら光る目は闘争心と恐怖心とを映し出していた。その見かけのあまりの恐ろしさに、さすがのスピッツも彼を懲らしめるのは断念せざるをえず、その気まずさを隠そうと、無害な、哀れな声を上げているビリーに牙を向け、彼を野営地のはずれへ追いやった。

日暮れ前にペローはもう一匹犬を確保してきた。年老いたハスキー犬で、体は細長く痩せこけ、顔には戦いの傷跡があちこち残っていて、片方しかない目に浮かぶ勇猛ぶりを伝える光には誰もが敬意を覚えた。ソル＝レクス、「怒れる者」。デイヴと同じく何も求めず、何も与えず、何も期待しなかった。ゆっくり、堂々とした足どりで彼が輪の中に入ってくると、スピッツでさえ近よりはしなかった。ソル＝レクスにはひとつ奇妙な癖があり、バックは不運にもその発見者となった。すなわち彼は、目の見えない側から接近されることをひどく嫌ったのである。この過ちをバックは図らずも犯してしまい、いきなり飛びかかってきたソル＝レクスに肩を噛まれた。肩に長さ三インチ、骨まで食い込む傷が出来たことでバックは己の軽率を思い知らされた。その後はずっとソル＝レクスの見えない側を避け、仲間として過ごすなか、最後まで何のトラブルも生じなかった。デイヴと同じく、ソル＝レクスの唯一の望みは放っておかれることのように見えたが、二匹とも実はもうひとつ、より重要な大志を抱いていることをバックはやがて知ることになる。

その夜、バックは眠るのに大変苦労した。蠟燭に照らされたテントは、白い平原の只中で暖かい光を放っていた。バックが当然のごとくテントに入っていくと、ペローもフランソワも呪詛の言葉と調理道具をすさまじい勢いで浴びせてきた。バックは一瞬唖然とし、やがて我に返って、ぶざまにも外の寒さに退散していった。冷たい風が吹いて体を鋭く噛み、傷ついた肩に格別の毒を染み込ませた。バックは雪の上に横になって眠ろうとしたが、あまりの寒さにまもなくぶるぶる震えて立ち上がった。みじめな、侘しい思いでいくつものテントのあいだをさまよったが、どこも同じく寒いことを思い知っただけだった。あちこちで野蛮な犬たちが襲いかかってきたが、バックが首の毛を逆立たせてうなり声で威嚇すると（彼は急速に学んでいたのである）、犬たちもそれ以上手を出さず、先へ進むことができた。

ようやく、あることを思いついた。戻っていって、自分の仲間はどう寒さをしのいでいるか見てみればいい。驚いたことに、彼らはいなくなっていた。広い野営地をバックはふたたびさまよって彼らを捜し、ふたたび戻ってきた。テントの中にいるのだろうか。いや、それはありえない、だったら自分だって追い出されなかったはずだ。ではいったいどこにいるのか。尻尾を力なく垂らした、震える体を抱え、ひどく切ない思いでバックはテントの周りをあてもなく一周した。突然、前足の下の雪が崩れて、体が沈んだ。何かが足の下でくねくね動いた。バックは毛を逆立たせ、うなり声を上げて跳びのいた。胸の内は見えないもの、未知のものに怯える気持ちで一杯だった。ところが、キャンと親しげな声が聞こえたのでひとまず安心し、誰がいるのかと戻ってみた。暖かい空気が一筋、鼻先に立ちのぼってきて、見れば雪の下に、ビリーが心地好く丸まって横たわっていた。バックをなだめるかのようにビリーはクーンと鳴き、体を細かく揺すって敵意はないことを伝え、和平の貢(みつ)ぎ物として、その暖かく湿った舌でバックの顔を舐めまでした。

新たな教え。なるほど、こうやるのか。バックは自信をもって一点の場所を選び、さんざん些細(ささい)なことに拘泥(こうでい)し無駄を重ねつつ穴を掘りにかかった。たちまち、体から出る熱が閉ざされた空間を満たし、彼は眠った。長い、難儀な一日だったから、眠りの中ではうなり、吠え、悪い夢と格闘を続けたものの、ひとまずぐっすり快適に眠った。

朝になっても、野営地が目覚める喧騒に起こされるまでは目も開けなかった。はじめは自分がどこにいるのかわからなかった。夜のあいだに雪が降って、体はすっかり埋もれていた。雪の壁が四方から迫ってきていて、バックの胸に恐怖の大波が押し寄せた。それは野生の生き物が罠に対して抱く恐怖だった。これはバックが、自分の生を通り抜けて、先祖たちの生に戻っていきつつあるしるしだった。なぜなら彼は文明化された、過度に文明化された犬であって、自身の経験では罠というものを知らず、自分だけでは罠を怖れようもなかったからである。体全体の筋肉が、痙攣するように本能的に縮み、首と肩の毛がぴんと立って、バックは荒々しいうなり声を上げながら真っすぐ上に飛び出していった。外は目もくらむ明るさで、ぴかぴか光る雪の雲が周りを舞っていた。四本の脚で立つより前に、目の前に白い野営地が広がっているのを見て、自分がどこにいるかをバックは悟り、マヌエルと散歩に出たときから昨夜穴を掘ったときまでに起きたすべてのことを思い出した。

彼の登場を、フランソワの叫び声が出迎えた。「言っただろ？」と犬使いはペローに言った。「バック、何だってすぐ覚える」

ペローは重々しく頷いた。カナダ政府に仕え、重要な文書を運ぶ配達人として、最高の犬たちを確保せねばという気持ちをペローは抱いていて、バックを手に入れたことはとりわけ嬉しく思っていたのである。

一時間と経たぬうちにさらにハスキーが三匹加わり、これで合計九匹となって、そこから十五分としないうちに彼らは牽具を付けられ、ダイイー峡谷に向かって上り坂の橇道を走っていった。動き出せたことがバックは嬉しかったし、仕事は大変だったが特に蔑みもしなかった。隊全体を活気づけている、そして自分にも伝わってきた熱意にバックは驚いたが、それ以上に驚きだったのは、デイヴとソル＝レクスに生じた変化だった。彼らはいまや新しい犬だった。牽具によってすっかり変身し、受け身の姿勢、無関心な態度は完全に消えていた。気を張りつめ、活発に動き、仕事に支障が生じぬよう気を配り、何かが手間どったり混乱したりして作業が遅れるたびにひどく苛立った。引き綱に繋がれて橇道を走る仕事は、彼らの存在の至高の表現、唯一の生き甲斐、ただひとつ楽しめる営みであるらしかった。

後犬のデイヴが橇に繋がれ、その前をバックが、さらに前をソル＝レクスが引いた。残りの犬たちは一列に並んでそのまた前に連なり、先導犬役はスピッツが務めた。

バックがデイヴとソル＝レクスのあいだに据えられたのは、二匹から仕事を教われるようにという配慮からだった。彼の呑み込みも早かったが、彼らも等しくすぐれた教師であり、バックが過ちに長く留まることを決して許さず、鋭い歯で教えを強化した。デイヴは公正かつきわめて賢明な教師だった。理由なしにバックを噛むことは一度もなく、噛む必要があるときは絶対に怠らなかった。バックとしても、フランソワの鞭もうしろに控えていたし、報復するより自分の行ないを改める方が安上がりだと学んだ。あるとき、短い休憩ののちに、バックが体に引き綱を絡ませて出発が遅れてしまうと、デイヴにもソル＝レクスにも襲いかかられたっぷり制裁を加えられた。その結果絡まりはもっとひどくなったが、以後バックは綱をもつれさせぬよう気をつけるようになった。一日が終わる前にすっかり仕事を覚えて、仲間たちにもほとんど文句を言われなくなった。フランソワの鞭が飛んでくることも減ったし、ペローに至っては、バックに敬意を表してその足を持ち上げ、怪我はないか丹念に調べてくれた。

丸一日、難儀な道行きだった。ダイイー峡谷をのぼり、シープキャンプを抜けて、スケールズ岩棚を過ぎて樹木限界線も越え、深さ何百フィートにも及ぶ氷河や吹きだまりを渡って、チルクート峠――この大分水嶺（ぶんすいれい）が海水と真水のあいだに立って、哀しく寂しい北の地を物々しく守っている――を越える。死火山のクレーターを満たす湖の連なりに沿って順調に進んでいき、その夜遅く、ベネット湖の源にある巨大な野営地に着いた。この野営地で、金（きん）を求めてやって来た何千人もの人々が、春に氷が融けるのに備えてボートを作っている最中だった。バックは雪に穴を掘り、疲れはてた正義なる者の眠りを貪ったが、冷たい闇のなか、またあっという間に起こされて、仲間たちとともに橇に繋がれた。

その日は橇道もすでに固まっていたので、四十マイル進めたが、翌日は、そしてその後の日々もずっと、道を自ら拓(ひら)いていかねばならず、進むのはだんだんきつく、遅くなった。たいていはまずペローが先に行って、かんじきのついた靴で雪を固め、一行が進みやすいようにする。フランソワは梶棒(かじぼう)を操って橇を導き、時にペローと役割を交代することもあったが、これはそれほど頻繁ではなかった。ペローは急いでいたし、また氷に関する自分の知識に誇りを持っていた。実際、そうした知識は必要不可欠だった。秋の氷はひどく薄く、水の流れの速いところではまったく氷が張っていなかったのである。

来る日も来る日も、はてしなく、綱をつけられ橇を引く仕事にバックは明け暮れた。彼らはつねに暗いうちに野営を畳み、空がうっすら灰色に薄まるころには、切り拓いた道をもう何マイルもあとにしていた。そしてつねに日が暮れてから野営を張り、割り当てられた魚を食べ、雪の中にもぐり込んで眠った。バックはひどくひもじかった。割当てである一日一ポンド半の日干し鮭では何の足しにもならない気がした。腹一杯であることは決してなく、つねに空腹に苛まれていた。だがほかの犬たちは、体重もバックより軽いし、こういう生活に生まれついてもいるので、一ポンドの魚しかもらわなくても体調を保っていられた。

かつての生活に備わっていたあれこれやかましい好みは、あっという間に失われた。はじめは食べ方も上品なので、先に食べ終えた仲間たちに、まだ終えていない割当てを盗まれてしまう。防ぎようはなかった。二匹や三匹を追い払っているうちに、ほかの連中の喉の奥に食べ物は消えている。これを避けるには、彼らと同じ速さで食べるしかなかった。そして、何しろ空腹に苦しめられていたので、自分のものでないものを奪うことも辞さなくなった。バックは観察し、学んだ。新しく加わった、仕事をさぼるのにも盗むのにも長けたパイクが、ペローが背中を向けているすきにベーコン一切れを巧みに掠めるのを見ると、次の日に自分も真似て一かたまり丸ごとくすねた。大騒ぎになったが、バックに嫌疑はかからなかった。代わりに、やり方が下手でいつも捕まっているダブが罰を受けた。

この最初の窃盗で、バックが北の地の苛酷な環境で生き延びる適者であることが証明された。刻々変わる状況に、自分を合わせていく適応力。それなしではあっさり非業の死を遂げるほかない。これはまた、彼の道義心の堕落、崩壊の証しでもあった。苛酷な生存競争にあって、道義心など無意味な足手まといでしかない。南の地での、愛と友情の掟の下では、個の所有物や感情を尊重するのも結構だが、北の地の、棍棒と牙の掟の下では、そんなものを勘定に入れるのは愚か者だけであり、遵守するだけ生き延びるチャンスは減るのだ。

こういったことを、バックが論理的に割り出したわけではない。彼は適者だった。それに尽きる。新しい生き方に順応するのも、すべて無意識のうちだった。前からずっと、どれだけ勝ち目が薄くとも戦いからは絶対に逃げなかったが、いまや赤いセーターの男の棍棒に、いっそう根本的、原初的な戒律を叩き込まれていた。文明化されたままでいたら、たとえばミラー判事の乗馬鞭を護るため、といった道義的な理由ゆえに命を落としかねない。だが、もはや文明を完全に脱したことを、道義など捨てて己の身を護れるようになったことが立証していた。盗むのが楽しくて盗んだのではない。胃袋の訴えに応えて盗んだのだ。大っぴらに盗みはせず、棍棒と牙に敬意を表してこっそり狡猾に盗んだ。要するに、やらないよりやる方が楽だから盗んだのである。

彼の進歩(もしくは退化)は迅速だった。筋肉は鉄のように硬くなり、並の痛みにはいっさい無感覚になった。効率ということを体の外でも内でも身につけ、どんなにおぞましい消化不能なものも食べられるようになり、いったん食べたら、その栄養の最後の一片まで胃液が引き出し、それを血液が体の隅々まで行きわたらせ、この上なく頑丈な繊維に仕立て上げた。視力と嗅覚がめざましく発達し、聴覚もきわめて鋭くなり眠っていてもごくかすかな物音まで聞きとり、それが安全の前触れか危険の前触れかも聞き分けられた。足指のあいだに氷がたまったら歯で嚙みとることも覚えた。喉が渇いていて、水を飲める場所の上を氷が厚く覆っていたら、うしろ脚で立ち、こわばった前脚を叩きつけて割った。何より際立った能力は、風の匂いを嗅いでその夜の風向きを予知する力だった。木や土手のそばにねぐらを掘るときに風がまったくなくても、あとで吹いてくる風の風下にかならずバックはいて、ぬくぬくと暖かく眠った。

経験によって学んだのみならず、長く眠っていた本能が目覚めもした。飼い慣らされていた何世代もの時がバックから剝げ落ちた。ぼんやりおぼろに、種が若かったころを、野生の犬たちが群れを成して原初の森をさまよい獲物を追いつめて殺したところを彼は思い出した。切る、裂く、狼流にすばやく嚙みちぎるという戦い方を覚えるのは訳なかった。忘れられた先祖たちもそうやって戦っていたのだ。バックの中にひそんでいた古い生を先祖たちは蘇(よみがえ)らせた。彼らによって種の遺伝形質に刻み込まれた、古(いにしえ)のさまざまなやり方がいまやバックのやり方だった。努力せずとも、発見せずとも、あたかもいままでずっとそうしてきたかのようにそれらはごく自然に浮かんできた。そして、静まり返った寒い夜に、どこかの星に鼻を向けて、長く、狼のように吠えるとき、それは、死んで塵芥(ちりあくた)と化した先祖たちが、幾世紀もの時を超え、彼の体を介して、星に鼻を向けて吠えているのだった。彼のリズムは先祖たちのリズムであり、先祖たちの悲しみを、彼らにとっての静寂、寒さ、闇の意味を伝えるリズムだった。

　こうして、生というものが操り人形にすぎぬことの証しとして、古の歌が彼の体内を駆け抜け、バックは本来の自分に回帰した。それもみな、北の地に人間たちが黄色い金属を発見したからであり、マヌエルが庭師の下働きであってその給料が妻と彼の小さな複製数人を食べさせていくにはとうてい足りなかったからだった。

Ⅲ　優位者たる原初の獣

　優位者たる原初の獣はバックの中に確として存在し、雪道を走る苛烈な状況の下、ますます強くなっていった。とはいえ、それは外からは見えない変化だった。新たに生まれたしたたかさが、彼に落着きと抑制をもたらした。新しい生活に適応するので精一杯で、気を抜く余裕などなかったし、こちらから喧嘩を吹っかけたりしないのはむろん、売られるような事態も極力避けた。ある種の慎重さが彼のふるまいを貫いていた。向こう見ずな真似、早まった行動に走ったりはしない。スピッツと激しく憎みあいながらも、短気を起こさず、自分からはいっさい攻撃しなかった。

　一方、バックを危険なライバルと見たからか、スピッツは事あるごとに歯を剝いてきた。わざわざバックを侮辱するような行動に出て、どちらか一方の死で終わるほかない戦いに持ち込もうとたえず画策していた。旅が始まって間もないころ、ある特異な出来事が起きなかったら本当にそうなっていたかもしれない。その日の終わり、一行はルバージ湖のほとりで侘しく寒々しい野営を張った。吹きすさぶ雪、白熱のナイフのように切りつける風、それに闇も加わって、野営地を探すにも手探り状態だった。これ以上ひどい状況もそうざらにないと思えた。背後には岩壁が切り立ち、ペローとフランソワは湖の氷の上で火を焚き寝具を広げることを余儀なくされた。荷物を減らすため、テントはダイイーで捨ててきてしまっていた。若干の流木を集めて焚火をしたが、それも氷に浸み入って消えてしまい、真っ暗闇で夕食をとる破目になった。

雪や風をよけられる岩のすぐ下にバックはねぐらを作った。あまりに暖かく、居心地よく出来たので、焚火で解凍した魚をフランソワが配りにきたときも、ねぐらから出る気になれないほどだった。ところが、割当てを食べて戻ってくると、ねぐらには誰かがいた。挑むようなうなり声がして、侵入者はスピッツだとわかった。それまではバックもこの天敵との厄介事を避けていたが、これにはさすがに我慢ならなかった。彼の中の獣が吠えた。自分とスピッツの両方を驚かせた烈しさでもってバックはスピッツに襲いかかった。特にスピッツは驚いた。これまでバックとくり返し接してきた経験から、このライバルは異様に臆病な犬であって、ただ単に体が大きく重いおかげでその座を保っていられるだけだと決め込んでいたのである。

崩れたねぐらから二匹が絡まりあって飛び出すと、フランソワもやはり驚いたが、騒ぎの原因はすぐさま見てとった。「やっちまえ！」と彼はバックに向かって叫んだ。「やっちまえ、思い知らせてやれ、卑怯者の盗っ人に！」

スピッツも争う気満々だった。怒りと戦意もあらわに叫び声を上げながら、攻め込む機を窺(うかが)って前にうしろに輪を描いた。バックも戦意では劣らず、慎重さもやはり劣らずに、好機を狙って同じく前にうしろに輪を描いた。ところがそのとき、予期せぬことが起きて、主導権をめぐる二匹の戦いはひとまずずっと先の、辛い橇道を何百マイルも走ったあとまで延期されることになったのである。

まずペローが吐いた呪詛の言葉、誰かの骨ばった体に棍棒が当たる音と衝撃、そして甲高い痛みの悲鳴が、その後に生じた阿鼻叫喚(あびきょうかん)の先触れとなった。突然、野営地じゅうを、毛に包まれた獣たちがこそこそ動き回っていることが判明したのである。飢えた百匹前後のハスキーが、どこかのインディアン村からこの野営地の匂いを嗅ぎつけ、バックとスピッツが争っているすきに忍び込んできたのだった。ペローとフランソワが頑丈な棍棒を手にその群れの中に飛び込んでいくと、犬たちは歯を剝き出して反撃してきた。食べ物の匂いゆえに、彼らは狂気に陥っていた。うち一匹が、食糧箱に頭を埋(うず)めているのをペローが見つけた。痩せこけた肋骨にペローの棍棒が命中し、箱はひっくり返って地面に転がった。たちまち二十匹ばかりの飢えた獣が、パンとベーコンを奪いあって這いずり回った。棍棒でいくら叩いてもみな知らぬ顔だった。殴打を浴びてキャンキャン鳴き、吠えはしたけれども、最後の一かけを食べ尽くすまで狂おしいあがきをやめなかった。

一方、仰天した橇犬たちは、ねぐらから飛び出してきたとたん獰猛な侵入者たちに襲いかかられることになった。バックはこんな犬たちを見るのは初めてだった。骨がいまにも皮膚を破って飛び出してきそうなのだ。骸骨同然で、たるんだ皮がそれをだらんと包み、目はぎらぎら燃えて牙からは涎が垂れている。だが、空腹ゆえの狂気が、彼らを恐ろしい、抗いようのない存在にしていた。彼らに歯向かうのは不可能だった。橇犬たちは最初の襲撃でもう絶壁まで追いつめられていた。バックは三匹のハスキーに囲まれて、またたく間に頭と肩を裂かれ、切られた。すさまじい喧騒が広がった。ビリーはいつものようにキャンキャン鳴いていた。デイヴとソル＝レクスは何十もの傷口から血を垂らしながらも、二匹並んで勇敢に戦った。ジョーは悪魔のように歯をガチガチ咬みあわせた。やがてその歯が一匹のハスキーの前脚を捕らえ、骨の向こう側まで食い込んだ。さぼり屋のパイクがその手負いの犬に飛びかかり、歯を閃かせぐいっと引いて首の骨を折った。バックは口から泡を吹いている敵の喉に喰らいつき、頸静脈に歯を食い込ませた。血しぶきを浴び、口の中の生温かい血の味に煽られていっそう烈しく攻め立てた。そしてまた別の犬に飛びかかると同時に、自分の喉に歯が食い込むのをバックは感じた。スピッツだった。陰険にも横手から襲ってきたのだ。

　ペローとフランソワは、自分たちの居場所から侵入者を追い出すと、大急ぎで橇犬たちを救いにかかった。飢えた獣たちの狂おしい波が目の前から引いていき、バックも敵から身を振りほどいた。だがそれもつかの間のことだった。食糧を守ろうと男二人は元の位置に舞い戻らざるをえず、そのとたんハスキーの群れも戻ってきてふたたび橇犬たちに襲いかかったのである。

ビリーは恐怖のあまり闇雲な度胸を出して、蛮犬たちの輪を突き抜け氷の彼方へ逃げていった。パイクとダブがすぐうしろに続き、残りの者たちもあとについた。彼らを追うべく飛び出そうとバックが身構えると、目の端にスピッツが、明らかに彼を倒そうという意図で突進してくるのが見えた。ひとたび倒され、ハスキーの群れの下に埋もれてしまったら、もう望みはない。だがバックはぐっと力を入れてスピッツの突進の衝撃を受け止め、湖への逃避行に加わった。

その後、九匹の橇犬たちは一団となって森に避難した。もう追われてはいなかったが、みんな悲惨な有様だった。四、五か所怪我をしていない者は一匹もいなかったし、何匹かは重傷を負っていた。ダブはうしろ脚の一方を大怪我していた。ダイイーで一番最後に加わったハスキー犬ドリーは喉を大きく裂かれていた。ジョーは片目を失くし、お人好しのビリーは片耳をずたずたに嚙みちぎられて一晩中メソメソ哀れっぽく鳴いた。夜が明けて、彼らが足を引きずり恐るおそる野営地へ戻ってみると、襲撃者たちはいなくなっていて、ペローとフランソワはひどく不機嫌だった。食糧は丸半分なくなっていた。橇の繫索（ちゅうさく）やカンバスの覆いまでハスキーたちに嚙み尽くされていた。実際、少しでも食べられそうなものは何ひとつ見逃されていなかった。ペローのムース革モカシンも食べられてしまったし、革の引き綱もあらかた貪られ、フランソワの鞭すら先端二フィートが齧（かじ）られていた。フランソワは悲しげに鞭を眺めていたが、やがて傷を負った犬たちに目を向けた。

「ああ、わが友らよ」と彼は静かに言った。「君ら、狂犬になってしまうかも、あんなに嚙まれて。みんな狂犬に、何てこった（サクルダム）！　どう思う、え、ペロー？」

配達人は心もとなげに首を横に振った。ドースンまでの道はまだ四百マイルある。犬たちが次々狂い出しでもしたらたまったものではない。二時間にわたって悪態をつき、作業に精を出した末に、どうにか牽具も装着され、傷でこわばった体で犬たちは走りはじめた。これまで走ったどこより難儀な道を、彼らは苦労して進んでいった。実際それは、ドースンに至るまでのどこよりも苛酷な道だった。

サーティマイル川はぱっくり開いていた。流れが激しいので氷結もせず、氷が出来ているのは渦が出来ている場所や流れの穏やかな場所だけだった。ひどく辛い道行きを六日続けてやっと、その最悪の三十マイルを越えた。まさに最悪と言うほかなかった。一フィート一フィートに、犬と人間両方の命の危険が伴っていた。前を探りつつ先頭を行くペローは、足下の氷の橋が崩れて水に落ちたことも十回はあり、そのたびに、持っている長い竿に救われた。氷が割れ落ちても竿が穴の上につっかえるよう、つねに角度に気をつけて持っていたのである。けれども寒波が訪れていて、温度計は華氏零下五十度を指していたから、命を落とさないためには、水に落ちるたびに火を焚いて衣服を乾かさないといけなかった。

ペローは何ものにも怯まなかった。何ものにも怯まないからこそ、政府の配達人にも選ばれたのである。いかなるたぐいの危険にも尻込みせず、その小さな萎びた顔を厳寒の中に断固突き出し、薄暗い明け方から夜の闇まで、果敢に前進していった。水際に沿って張った、足下でたわみパチパチ鳴る、立ちどまるのも恐ろしい氷の上も臆さず歩いた。あるとき、氷が割れて橇が水に落ち、デイヴとバックも引きずり込まれて、引き揚げられたときはなかば凍りつき瀕死の状態だった。いつものように火を焚かないといけない。体一面氷に包まれた二匹を、ペローとフランソワがせっついて焚火の周りをぐるぐる走らせた。毛が焦げそうなくらい近くを二匹は走り、そうやって汗をかき、氷を融かした。

またあるときはスピッツが水に落ち、バックに至るまでの仲間も一緒に引きずり込まれた。バックはつるつる滑る氷の縁に前足を掛け、周りじゅうの氷が震えて割れるなか必死に身をうしろに引いた。その背後でデイヴも必死に身を引き、橇のうしろではフランソワが腱も裂けよと懸命に引っぱっていた。

また、水際の氷が前方も後方も割れたことがあり、今回は崖をのぼる以外逃げ道はなかった。フランソワが奇跡を祈り、ペローがまさにその奇跡を成し遂げて崖のてっぺんまで登りおおせた。あらゆる革紐、繋索、牽具の最後の一片までかき集めて一本の長い縄に仕立て、犬たちを一匹ずつ崖のてっぺんまで引っぱり上げた。橇も荷物も引き上げ終えて、最後にフランソワが上がってきた。次は、降りる場所を探さないといけない。これも縄を使って成し遂げ、夜には川辺に戻った。朝から進んだ距離は四分の一マイルだった。

フータリンクワ川に着き、氷の状態もよくなったころには、バックはもうへとへとだった。ほかの犬たちも似たりよったりの有様だった。だがペローは、遅れを取り戻そうと、夜は遅くまで、朝は早くから彼らを急き立てた。一日目は三十五マイル進んでビッグサーモン川に着き、次の日も三十五マイル先のリトルサーモン川に着き、三日目は四十マイル進んで、ファイヴフィンガーズもうじきだった。

バックの足は、ハスキー犬ほど締まってもおらず硬くもなかった。ずっと昔、最後の野生の先祖が、洞窟か川辺に住む人間に飼い慣らされて以来、何世代も経るなかですっかり軟らかくなってしまっていたのである。痛む足をバックは一日じゅう引きずり、ひとたび野営が張られると、死んだように横たわった。腹も空いていたが、割当ての魚を受けとるために体を動かす気力すらなく、フランソワが持っていってやらねばならなかった。それに、食後は毎晩三十分、フランソワがバックの足をさすってやり、自分のモカシンの上の部分を犠牲にしてバック用のモカシンを四つ作ってやった。これでバックは大助かりだった。ある朝、フランソワがモカシンを履かせるのを忘れ、バックが仰向けになって、訴えるように四本の足を宙でばたばたさせ、モカシンなしでは一歩も動こうとしない姿を見て、ペローでさえその萎びた顔をほころばせた。やがてはバックの足も橇道に慣れて硬くなり、履き古されたモカシンは捨てられた。

ある朝、ペリー川沿いで犬たちに牽具を付けていると、いままでいっさい目立つことのなかったドリーが突然発狂した。長い、胸を裂くような狼の吠え声によってその変化は宣告され、犬たちはみな怯えて毛を逆立てた。それからドリーは、まっすぐバックに襲いかかった。犬が発狂するのをバックはそれまで見たことがなかったし、己の狂気に怯えたこともなかった。それでもこれが恐れるべき事態であることはわかったから、パニックに駆られて逃げ出した。一目散に走る彼の一跳び分うしろを、ドリーがゼイゼイ喘ぎ、口から泡を吹きながら追ってきた。バックの恐怖はあまりに大きく、ドリーもそれ以上迫れなかったが、ドリーの狂気もあまりに大きく、バックも彼女を振り切れなかった。島の真ん中にこんもり茂る木立をバックは突き抜け、向こう側に駆け下りて、ぎざぎざの氷が転がった裏手の川底を渡って別の島へ行き、さらに第三の島へ行って、ぐるっと弧を描いて川の本流に戻り、あと先顧（かえり）みず渡りはじめた。その間ずっと、ふり返らずとも、すぐ一跳び分うしろでドリーが歯を剥いてうなるのが聞こえていた。四分の一マイル離れたところからフランソワに呼ばれたのでバックはくるっと向きを変え、一跳び分先を行ったまま、必死に喘ぎながら、フランソワが救ってくれるものと念じて走った。犬使いは片手で斧を構え、バックが目の前を駆け抜けた直後、狂ったドリーの頭を斧が直撃した。

バックはよろよろと歩いていって、橇に寄りかかった。疲れはて、すすり泣くかのようにゼイゼイ息をし、もう何の力も残っていなかった。スピッツにとっては絶好のチャンスだった。迷わずバックに襲いかかり、歯を二度、抗いもせぬ相手の体に食い込ませて、肉を裂き、骨が飛び出すまで肉を引きちぎった。と、フランソワの鞭が降ってきて、バックが満足げに見守る前で、スピッツはこれまで隊のどの犬にも与えられたことのない最高に厳しい鞭打ちを喰らった。

「悪魔だよ、スピッツは」とペローが言った。「いつかバック、殺される」

「バック、悪魔二匹」とフランソワが応えた。「私ずっと見てるからわかる。いいか、いつかバックものすごく怒って、スピッツずたずたに噛んで、雪の中にペッペッ吐き出すよ。絶対。私わかる」

それ以来、二匹は交戦状態となった。先導犬、チームの頭と自他ともに認めるスピッツは、この不可解な、南の地から来た犬に主導権を脅かされたと感じていた。不可解——バックはスピッツにとってまさにそれだった。これまで見てきた多くの南の犬のなかで、野営地でも橇道でも合格点に達した犬は一匹もいなかったのである。みなあまりに軟弱であり、重労働、寒さ、飢えに屈して死んでしまう。バックだけが例外だった。彼だけが耐え、生き抜いて、強さ、野蛮さ、狡猾さにおいてスピッツに劣らなかった。そして、リーダーの資質も備えている。とりわけ危険なのは、優位に立とうという気持ちはあっても、赤いセーターの男の棍棒によって、闇雲な元気や向こう見ずさはすっかり叩き出されていることだった。おそろしくしたたかで、好機を待つその辛抱強さも、原始の辛抱強さ以外の何ものでもなかった。

主導権をめぐる衝突が生じるのは必至だった。バックは主導権を欲した。欲したのは、それが彼の本性だったからであり、引き綱を付けられて橇道を走ることから生じる名づけようもない不思議な誇りに捉えられていたからである。犬たちはみな、その誇りに引っぱられて、倒れて息絶えるまで走りつづけ、牽具を付けたまま喜んで死んでいき、牽具を外されれば胸が裂ける思いを味わう。これこそが後犬デイヴの誇りであり、渾身の力で橇を引くソル＝レクスの誇り、野営を発ったとたんに彼らを拗ねた不機嫌な獣からやる気満々の働き者に変身させる誇り、一日ずっと彼らを駆り立てる誇りなのだ。夜に野営を張ったとたんに誇りは消え失せ、犬たちはまた陰気な落着かなさと不満の中に戻っていく。この誇りこそがスピッツを支え、ほかの犬たちが橇を引いている最中にへまをしたり怠けたり朝に牽具をつける際に隠れたりしたときに襲いかかるよう駆り立てるのだった。そしてこの誇りがあったからこそ、先導犬候補としてのバックをスピッツは恐れた。これはまたバックの誇りでもあった。

バックは公然とスピッツの主導権を脅かした。スピッツと、スピッツが罰すべき怠けた犬とのあいだにわざわざ割って入ったりもした。ある夜、大雪が降って、朝になるとさぼり屋パイクが姿を見せなかった。一フィートの雪の下のねぐらに、ぬくぬくと隠れていたのである。フランソワが呼んで捜し回ったが、成果はなかった。スピッツはカンカンに怒っていた。怒り狂って野営地じゅうを飛び回り、いそうな場所をしらみつぶしに嗅ぎ、掘り、あまりに恐ろしいうなり声を上げるので、隠れ場所でそれを聞いたパイクは思わず身震いした。

ところがとうとうパイクが掘り出され、罰を加えようとスピッツが突進すると、バックも等しい怒りをたぎらせて両者のあいだに飛んで入った。まったく予想外の、絶妙に為されたその介入に、スピッツはうしろに吹っ飛び、もんどり打って倒れた。卑屈にぶるぶる震えていたパイクは、この公然たる反抗に勇気づけられて、転倒したリーダーに襲いかかった。フェアプレーなどという掟はとっくに忘れているバックも、同じくスピッツに襲いかかった。だがフランソワは、一部始終を目にしてくっくっと笑いながらも、正義の執行という点では揺るがず、力一杯の鞭をバックに浴びせた。バックはそれでも倒れたライバルから離れようとせず、フランソワとしても鞭の柄を使うしかなかった。打たれたバックは卒倒しかけてうしろに倒れ込み、鞭の雨を浴びた。一方スピッツはさぼりの常習犯パイクを徹底的に罰した。

その後の、ドースンが次第に近づいてきた日々にも、バックは依然、スピッツと罪を犯した者とのあいだに入りつづけたが、つねにきわめて狡猾に、フランソワのいない隙を狙ってやるようになった。バックの隠れた反抗とともに、不服従の気分が広まり、強まっていった。デイヴとソル＝レクスは何ら影響されなかったが、残りの者たちはどんどん悪くなっていった。もはや隊はまともに機能しなかった。もめごとやいがみ合いがひっきりなしに生じていた。混乱がつねに起きていて、その背後にはバックがいた。フランソワは気が気でなかった。二匹のあいだの、いずれ起こるしかない死闘のことを思って片時も安らげなかった。犬たちの群れから諍いや争いの音が聞こえてきて、さてはバックとスピッツの一騎打ちか、と寝床から飛び出したのも一晩や二晩ではなかった。

だがその機会は訪れず、ある荒涼とした午後、大いなる対決はいまだ実現せぬまま一行はドースンの町に入った。ここには多くの人間がいて、無数の犬がいて、それが残らず働いているのをバックは目にした。犬は働くというのがここでの定めのようだった。犬たちは一日じゅういくつもの隊を成して大通りを行き来し、夜になってもなお彼らの立てる鈴の音が鳴っていた。彼らは丸太や薪を引っぱり、鉱山まで運び、サンタクララ・ヴァレーでは馬がやっていた仕事をすべてやっていた。ところどころで南の地の犬にも出会ったが、大半は野生の、狼との雑種のハスキー犬だった。毎晩定期的に——午後九時、午前零時、午前三時——犬たちは夜の歌を歌い、その奇妙な、不気味な詠唱にバックも嬉々として加わった。

北極光が頭上で冷たい炎を放ち、あるいは星たちが厳寒の舞いを舞い、土地は雪のとばりに包まれて麻痺し凍りつくなか、このハスキーたちの歌は、生の側からの反抗のように聞こえたかもしれない。だがその調べは短調であり、むせぶような、すすり泣くような声が長々と発せられたから、むしろ生の側からの嘆願と言うべきだっただろう。生きていることの苦しみが、音という形をとって表わされている。それは古から続く、種と同じくらい昔からある歌だった。世界がまだ若かった、歌といえば悲しいものだったころの、最古の歌のひとつだった。数知れぬ何世代もの悲しみがそこにはこもっていて、その訴えにバックは不思議と心を動かされた。一緒になってうめき、すすり泣くとき、そこにある生の痛みは、野生だった父祖たちがかつて感じた痛みだったし、寒さと闇をめぐる恐怖と神秘も、父祖たちが抱いた恐怖と神秘だった。そして、バックがそれに心を動かされるという事実は、火と屋根のある幾世代もの時を彼がいまや突き抜けて、咆哮(ほうこう)に貫かれた時代の、生の生々しい始まりに全面的に回帰したことを物語っていた。

ドースンに入ってから七日後、騎馬警察本部のかたわらの急な土手を彼らは下ってユーコン川橇道に出て、スカグウェーとソルトウォーターに向かった。ペローはこの地に届けた文書よりもさらに緊急の文書を預かっていて、また、旅達者という誇りにとり憑かれてもいたので、今年最速の移動をめざしていた。有利な要素はいくつかあった。まず、一週間休んで犬たちはすっかり回復しており、体調も万全だった。以前彼らが切り拓いた橇道は、その後に通った者たちによって踏み固められていた。また、警察が二、三か所に、犬と人間のための食糧貯蔵所を設けてくれていたので、荷物も軽くて済んだ。

一日目に、五十マイル離れたシックスティマイルに着いた。二日目はユーコン川を上流に邁進し、ぐんぐんペリーに近づいていった。だがそうした華々しい走破の蔭には、フランソワの大きな手間と気苦労があった。バックに導かれた陰険な反乱が、チームの結束を壊してしまっていた。いまではもう、引き綱に繋がれた一匹の犬が走っているような感じはなかった。バックに煽られて、反乱者たちはあらゆるたぐいの些細な悪行に走った。もはやスピッツは大いに恐れられるリーダーではなかった。かつての畏怖の念は消え、誰もがスピッツの権威に挑むようになった。パイクはある夜スピッツの魚半匹を奪い、バックに護られてそれを呑み込んだ。またある夜はダブとジョーがスピッツと戦い、スピッツは本来彼らに与えるべき罰も与えずに終わった。さらにはお人好しビリーでさえ前ほどお人好しではなくなり、なだめるような鳴き方も影をひそめた。バックはスピッツのそばに来るたび、うなり声を上げ毛を逆立てて威嚇して行き来した。

実際、バックのふるまいはいまや横暴と言うに近く、スピッツのすぐ鼻先をふんぞり返った。

規律が崩れたことは、犬同士の関係にも影響を及ぼした。いままでよりずっと頻繁に、犬たちは言い争い、いがみ合った。野営地は時に、咆哮轟く瘋癲院と化した。デイヴとソル＝レクスだけが変わらなかったが、その彼らもはてしない諍いに苛立っていた。フランソワは奇妙な、野蛮な呪詛の言葉を吐き、空しい憤怒に駆られて雪を踏みならし、髪をかきむしった。その鞭は犬たちのあいだでしじゅう歌っていたが、ほとんど役に立っていなかった。彼が背を向けたとたん、犬たちはすぐまた悪さに戻った。フランソワは鞭でスピッツを支え、バックが残りの犬たちを支えた。バックがすべての厄介事の背後にいることがフランソワにはわかっていたし、フランソワがわかっているということはバックにもわかっていた。けれどバックは、ふたたび犯行の現場を押さえられるほど愚かではなかった。牽具を付けられての仕事はあくまで忠実にこなした。労働はいまや彼にとって悦びとなっていた。が、仲間のあいだにこっそり争いをそそのかし、引き綱をこんがらがらせるのはもっと大きな悦びだった。

ターキーナ川の河口で、夕食も済んだある晩、ダブがカンジキウサギを見つけたものの、へまをやって捕まえそこねた。たちまち全員が追跡を始めた。百ヤード離れたところに北西部警察の野営地があり、すべてハスキーの五十匹がいて、これも追跡に加わった。ウサギは川沿いを必死に逃げ、小さな支流に入って、凍りついた川底を着々さかのぼって行った。ウサギは雪の表面を足どりも軽く駆けていったが、犬たちは強引に掘り進んでいった。バックは六十匹の群れの先頭を走り、曲がり目を次々と曲がったが、ウサギに迫ることはできなかった。体を低くして走り、クーンと熱っぽく鳴き、その見事な体を輝かせながら邁進して、青白い月光の中を一跳び、また一跳びしていった。そしてカンジキウサギも、一跳び、また一跳び、蒼ざめた氷の生霊（いきりょう）のようにその前を邁進していった。

人を定期的に、喧騒に満ちた都市から森や平原へ追いやり、化学の力で発射された鉛の玉によって生き物を殺すよう駆り立てる、あの古の本能の疼き。血に飢える思い、殺すことの悦び。そういったすべてがバックの中にあり、しかも彼にあってはそれが人よりはるかに濃密だった。群れの先頭を走り、野生の生き物を、生きた肉を追いつめる——自分の歯で殺して、相手の温かい血で己の鼻から目元まで洗うために。

生の頂点、生がそれ以上のぼりえない地点には、ある種の恍惚がある。生きることの逆説ゆえに、この恍惚は、生き物が最高に生きているときに訪れ、自分が生きていることを完全に忘れるという形をとる。この恍惚、この生の忘却は、創造の炎に襲われ自我の外に出た芸術家に訪れる。戦いに荒れはてた戦場で、戦（いくさ）の狂気に憑かれて慈悲も拒む兵士に訪れる。そしてそれは、群れを導き、古代の狼の声を上げ、月光のなか眼前を敏捷（びんしょう）に逃げていく生きた食物を追うバックにも訪れた。バックはいまや己の本性の深奥（しんおう）に、本性の中の自分自身より深い部分に触れ、時の子宮の内部へ戻っていきつつあった。押し寄せてくる生の波に、存在の大津波に彼は圧倒された。筋肉、関節、腱一つひとつの完璧な悦びに包まれ、生が死以外のすべてであることを祝い、すべてが燃え立ち、荒れ狂い、動きを通して自らを表わし、星々の下を、死せる動かぬ物質の上を、歓喜とともに飛んでいた。

だがスピッツは、至高の気分に浸るさなかにも冷静で抜け目なかった。こっそり群れを離れ、クリークが長い曲がり目になっているところで、狭まった陸を渡って近道していった。バックはこれに気づいていなかった。曲がり目を回って、氷の生霊のごときウサギがいまだ目の前を疾走するなか、もうひとつの、より大きな生霊が頭上の土手からウサギのすぐ前に降り立つのをバックは見た。スピッツだった。ウサギは方向転換することもできず、中空で白い歯に背中を砕かれ、傷を負った人間のようにすさまじい悲鳴を上げた。その声を、生が死に捕らえられて頂点から墜落していく叫びを聞いて、バックに従う群れの全員から、地獄のごとき歓喜の合唱が湧き上がった。

バックは叫ばなかった。動きも緩めず、スピッツめがけて突進していった。肩と肩ががっちりぶつかり、あまりに強く当たったせいでバックは相手の喉に食いつきそこなった。粉雪の中を二匹はゴロゴロ転がった。スピッツは倒されなどしなかったかのようにすぐさま立ち上がり、バックの肩に嚙みつき、さっと飛びのいた。罠の鋼鉄のあごのように歯がぱちんと二度閉じるなか、スピッツはよりよい足場を求めてうしろに下がり、細い上向きの唇をよじらせ、歯を剝きうなり声を上げた。

一瞬にしてバックは悟った。その時が来たのだ。死ぬまで戦うのだ。二匹とも輪を描いて回り、うなり、耳を寝かせ、好機を探って目を光らせるさなか、この情景には見覚えがあるという思いがバックに訪れた。すべてを思い出した気がした——白い森、大地、月光、そして決闘の戦慄。白さと静寂の上に、不気味な穏やかさが垂れこめた。空気はごくわずか囁きもしない。何も動かず、木の葉一枚震えず、犬たちの吐く息が凍てつく空気をゆっくり立ちのぼり、とどまった。ろくに飼い慣らされていない、狼というに等しいこれらの犬たちは、カンジキウサギもとっくに始末して、いまや期待を込めて輪になっていた。彼らもまた音を立てず、目だけを光らせ、息をゆっくり立ちのぼらせていた。それはバックには新しくもなく見慣れぬものでもない、太古の情景だった。あたかもいままでずっとそうだったかのよう、これがずっと慣わしであったかのように思えた。

スピッツは戦いに熟練していた。スピッツベルゲンから北極まで、カナダを越えツンドラを越えて、あらゆる種類の犬を相手に己の立場を守り、つねに優位を勝ちとってきたのだ。烈しい憤怒が彼の中にあったが、それは決して盲目的な憤怒ではなかった。引き裂き、息の根を止めようという激情に包まれていても、敵もまた引き裂き、息の根を止めようという激情に包まれていることを決して忘れなかった。相手の突進を受ける態勢が出来るまで、決して自分からは突進しなかった。まず相手の攻撃を食い止めるまでは決して攻撃しなかった。

その大きな白い犬の首に歯を埋めようとバックは空しくあがいた。軟らかい肉に牙を食い込ませようとするたび、スピッツの牙に阻止された。牙が牙にぶつかり、唇は切れて血が流れたが、バックは敵の防御を突破できなかった。ますます激したバックは、つむじ風のようにスピッツの周りを駆け回り、攻撃をくり返した。何度も何度も、生がその表面のすぐ下で泡立っている雪白の喉を狙ったが、そのたびにスピッツに噛みつかれ、逃げられた。やがてバックは、喉に襲いかかると見せて、突然首を引いて横から回り込み、肩をスピッツの肩に、大槌のように叩きつけて倒そうとした。だがそうやっても、やはり肩を噛みつかれ、スピッツに軽々と逃げられた。

スピッツは無傷で、一方バックは血をだらだら流し、息も荒かった。戦いは泥沼化しつつあった。その間ずっと、物言わぬ、狼のごとき輪が、どちらであれ倒れた方を始末しようと待ち構えていた。バックが息切れしてくるとともに、スピッツは攻めにかかり、バックは何度も足下を崩されそうになった。一度、とうとう倒れてしまいそうになると、六十匹の犬の輪がいっせいに動き出したが、バックは地面に着かないうちに態勢を立て直し、輪はふたたび引っ込んで待った。

けれども、バックには、強い者ならではの特質があった。すなわち、想像力が。彼は本能に従って戦ったが、頭を使って戦うこともできた。いつもと同じく、肩をぶつけようとするかのように突進したが、最後の瞬間、ぐっと身を低く沈めて、スピッツの足下に入り込んだ。歯がスピッツの左の前脚に喰らいついた。ばりっと骨が折れる音がし、白い犬は三本脚でバックと向きあった。三度にわたってバックはスピッツを転倒させようと試み、もう一度さっきの戦法をくり返して今度は右の前脚の骨を砕いた。スピッツは痛みに包まれ、万策尽きていたものの、懸命に狂おしく耐えた。物言わぬ輪が見えた。みな目をぎらぎら光らせ、舌を垂らし、銀色の息を立ちのぼらせながら、じわじわ自分に迫ってくる。これまでずっと、自分が打ち負かした相手に同じような輪が迫っていくのをスピッツは見てきた。だが今日は、負かされたのは自分なのだった。

もはやスピッツに望みはなかった。バックは容赦なかった。情けなど、もっと穏やかな気候のためのものにすぎない。とどめの攻撃に向かって彼は態勢を整えた。輪はいまやぐっと迫ってきて、ハスキーたちの息が脇腹に感じられるほどだった。スピッツの向こう側に、両横に、彼らが飛びかかろうとしてなかばしゃがみ、目はじっとスピッツに注いでいるのが見えた。一瞬、間が空くように思えた。すべての犬たちが石と化したかのように動かなかった。スピッツだけが、小刻みに震え、毛を逆立てつつよろよろ前後に動き、迫りくる死を怯えさせて追い払おうとするかのように、すさまじい威嚇を込めてうなり声を上げた。それからバックが飛び込み、飛びのいた。飛び込んだ際に、今回はとうとう肩と肩がまともにぶつかった。月光あふれる雪の上で暗い輪は一個の点と化し、スピッツは視界から消えた。バックは、勝者は、立ったまま見守った。優位者たる原初の獣は獲物を殺し、それを善きことと見た。

Ⅳ　王者の座を勝ちとった者

「え？　言ったろ？　ほんとだったろ、バック、悪魔二匹だって」

　翌朝、スピッツが見当たらず、バックの満身創痍(まんしんそうい)の姿を見たフランソワの科白だった。フランソワはバックを焚火に引きよせ、その明かりであちこちの傷を指さした。

「スピッツ、地獄みたいに戦った」とペローが、ぱっくり開いた裂け目や切り傷を見て言った。

「バック、地獄二つ分戦った」とフランソワは答えた。「これで早く進める。スピッツいなくなって、もう厄介ない」

　ペローが荷物をまとめ、橇に積む一方、フランソワは犬たちに牽具(ひきぐ)を掛けにかかった。バックがとっとっと、スピッツが先導犬(リーダー)として占めていた位置に走っていった。だがフランソワはそ知らぬ顔で、羨望の位置にソル＝レクスを据えた。残った犬の中で最良の先導犬はソル＝レクスだというのがフランソワの判断だった。バックはカッとなってソル＝レクスに襲いかかり、彼を追い払ってその位置に立った。

「え？　え？」とフランソワは叫んで、愉快げに膝を叩いた。「見ろよ、バック。スピッツ殺して、スピッツの仕事代わるつもり」

「あっち行け、早く！」とフランソワは叫んだが、バックは動こうとしなかった。

フランソワはバックの首根っこを捕まえ、バックがグルルと威嚇するのも構わず脇へ引っぱっていき、ソル＝レクスを元に戻した。老犬はこれを喜ばず、バックを怖がっていることをはっきりそぶりで示した。フランソワは頑なだったが、彼が背を向けたすきにバックはふたたびソル＝レクスに取って代わり、相手もそこを去るのをまったく嫌がらなかった。

フランソワは怒った。「こいつ、とっちめてやる！」と叫んで、重い棍棒を手に戻ってきた。

バックは赤いセーターの男を思い出して、ゆっくり下がっていった。ソル＝レクスがふたたび前に出されても襲いかからなかったが、それでも、棍棒の届くすぐ外のあたりを旋回し、憤怒の念もあらわにうなり声を漏らした。そうやって回りながらも、フランソワが棍棒を投げてきたらよけられるよう目は棒から離さなかった。棍棒に関してはバックも知恵をつけていたのである。

フランソワは作業を続け、準備が整うと、バックをいつもの、デイヴの前の位置に据えようとして呼んだ。バックは二、三歩うしろに下がった。フランソワがそっちへ出ていくとさらにうしろに下がった。これがしばらく続くと、フランソワは棍棒を放り投げた。バックが打たれるのを怖れているのかと思ったのである。だがバックは公然と反抗しているのだった。打たれるのを逃げたいのではなく、リーダーの座を得たいのだった。自分にはその権利がある。その権利を勝ちとったのであり、それ以下の地位に甘んじる気はない。

ペローが加わった。フランソワと二人で、一時間近くバックを追い回した。バックに棍棒を投げつけもし、バックはそのたびにかわした。二人はバックを呪い、バックの祖先を呪い今後現われるであろう子孫をはるか遠くの世代まで呪い、彼の体毛一本一本、血管内の血一滴一滴を呪った。そしてバックは歯を剝いて呪詛に応え、彼らの手の届かぬところにとどまった。逃げようとはしなかったが、野営地をぐるぐる回りながら後退していき、そうしながら、自分の望みが満たされさえすれば戻って働く気があることははっきり伝えた。

フランソワは座り込んで頭を搔いた。ペローは時計を見て悪態をついた。時は飛ぶように過ぎている。もう一時間前に橇道を走りはじめているべきなのだ。フランソワはふたたび頭を搔いた。首を横に振り、ペローに向かって力なく微笑むと、俺たちの負けだよと言いたげにペローも肩をすくめた。それからフランソワが、ソル＝レクスの立っているところに行って、バックを呼んだ。バックは——犬なりの笑い方で——笑ったが、近よりはしなかった。フランソワはソル＝レクスの綱を外して、彼をいままでどおりの場所に戻した。犬たちは牽具を付けられ、切れ目なく一列に橇に繫がれて出発を待っている。バックが行く場は先頭しかなかった。もう一度フランソワが呼び、もう一度バックは笑って、動かなかった。

「棒、捨てろ」とペローが命じた。

フランソワが応じると、バックはとっとっと早足で、勝ち誇った笑い声を上げながらやって来て、ぐるっと回って先頭の位置についた。綱が付けられ、橇が動きはじめ、男二人が走り出し犬たちは川沿いの道に飛び出していった。

悪魔二匹、とフランソワはバックを高く買っていたけれども、一日がまだいくらも過ぎぬうちに、まだ買い足りなかったことを思い知った。バックはすぐさまリーダーとしての仕事に取りかかった。判断が要求され、迅速に考え行動することが必要なときはスピッツ以上の有能さを見せた。そしてフランソワはこれまで、スピッツに匹敵する能力の犬を見たことがなかったのである。

けれどバックが何より秀でていたのは、掟を定め、仲間たちをそれに従わせる手腕だった。デイヴとソル＝レクスはリーダーが代わったことを意に介さなかった。それは彼らには関係ないことだった。彼らに関係あるのは、綱を付けられて働くこと、懸命に働くことである。それに邪魔が入らない限り、何があろうと二匹とも気にしなかった。彼らにしてみれば、それで秩序が保てるならお人好しビリーがリーダーだって構わなかった。だがほかの犬たちは、スピッツがリーダーだった最後の日々に従順さを失くしていたから、バックが彼らを服従させるべくてきぱき罰を加えてくることに面喰らってしまった。

バックのすぐうしろを走るパイクは、これまでは胸帯に体重を一オンスたりとも余計にかけようとしなかったが、怠けるたびにバックにすぐさま揺すぶられ、一日目が終わる前に生まれて初めて本気で橇を引くようになっていた。野営の第一夜、いつも喧嘩腰のジョーはたっぷり罰を受けた――これはスピッツがやろうとしてどうしてもできなかったことだった。バックはひたすら体重を利用してジョーの息を詰まらせ、ジョーが嚙みつくのをやめ情けない声を上げて許しを乞うまでさんざん痛めつけた。

隊の士気は見るみる向上した。かつての連帯感が戻ってきて、犬たちはふたたび、引き綱を付けられた一匹の犬のごとく飛ぶように走った。リンク急流で地元のハスキー二頭、ティークとクーナが加わった。バックが彼らを服従させるその迅速さにフランソワは息を呑んだ。

「こんな犬、見たことない！」と彼は叫んだ。「いっぺんもない！　この犬千ドルの値打ち！　え、どう思う、ペロー？」

ペローもうなずいた。現段階でも新記録の速さであり、日々ますます速くなっていく。橇道は申し分ない、雪がしっかり固まった状態であり、新たに降った雪と格闘する必要もなかった。寒すぎもしない。温度は零下五十度に落ちたあと、最後までそのままにとどまった。男二人は交代で橇に乗り、走り、犬たちはつねに急き立てられ、止まる回数もわずかだった。

サーティマイル川は氷もひとまず十分張っていて、往きには十日かかったところを戻りは一日で行けた。ルバージ湖の先端からホワイトホース急流までの六十マイルも一気に走破した。マーシュ、タギシュ、ベネット、と七十マイルにわたる湖の連なりもまたたく間に駆け抜け、走る番の男は橇のうしろに繫いだ縄につかまって引いてもらう破目になった。そして二週間目の最後の夜、ホワイト峠をのぼりつめ、スカグウェーの町の灯、船舶の灯を足下に見つつ海への坂道を下っていった。

新記録の速さだった。まる二週間、一日平均四十マイルを走ってきたのだ。ペローとフランソワは三日間、胸を張り得意満面でスカグウェーの目抜き通りを闊歩し、酒の誘いを無数に受け、また橇犬隊も終始、犬馴らしや犬橇使いから崇拝のまなざしを集めていた。やがて、西部から来た悪党三、四人が、町じゅうのめぼしいものを盗んでやろうと企て、その結果コショウ入れのように穴だらけにされ、人々の関心もそっちへ移っていった。やがて、政府の命令が届いた。フランソワがバックを呼び寄せて、ひしと抱きしめ、さめざめと泣いた。フランソワとペローを見たのはそれが最後だった。ほかの男たちと同じく、二人はバックの生から永久に消えていった。

スコットランド人とインディアンの混血男がバックたち一隊を引きとり、その他十あまりの橇犬隊と一緒に彼らはドースンへ戻る険しい道を走っていった。もはや軽々とは進めず、記録的な速さとも行かず、毎日が重い荷を引いての辛い道行きだった。これは郵便橇であり、極地で金を探す者たちに宛てた外の世界からの手紙を運んでいたのである。

嫌な仕事だったが、バックはよく耐えて任を果たし、デイヴやソル=レクスと同じようにそのことに誇りを抱き、ほかの犬たちにも目を光らせ、誇りを抱こうが抱くまいが彼らが務めをきちんと果たすよう気を配った。それは単調な、機械のごとく規則的に営まれる生活だった。

どの日も似たりよったりだった。毎朝一定の時刻に料理人が起きてきて、焚火が焚かれて朝食が食された。それから、ある者は野営を畳み、ある者は犬たちに牽具を付け、夜明けの到来を告げるあの独特な闇が訪れる一時間くらい前にはもう出発していた。夜にはまた野営を張った。ある者はテントを組み立て、ある者は薪を割り松の枝を切って寝床を作り、さらにある者は料理人に水や氷を届けた。そして犬たちにも食事が与えられた。犬たちにとって、それは一日で唯一特別な時間だった。もっとも、魚を食べたあとに、ほかの百匹あまりの犬と一緒に一時間ばかりあたりをうろつくのも楽しかった。中には荒っぽい喧嘩好きもいたが、そのうちの一番獰猛な三匹と戦った末にバックは王座を獲得し、彼が毛を逆立て歯を見せればみんな脇へのいた。

おそらくバックが一番好きだったのは、焚火の近くに横たわることだった。うしろ脚を体の下にたくし込んで、前脚は前方に投げ出し、頭を上げ、炎を見ながら目は夢見心地で細める。時おり、陽ざしあふれるサンタクララ・ヴァレーの、ミラー判事の大邸宅のことを考えた。セメントの水浴槽、メキシカンへアレスのイサベル、狆のトゥーツのことを考えたが、それよりもっと頻繁に思い出したのは、赤いセーターを着た男、カーリーの死、スピッツとの決闘、そしてこれまで食べた、あるいはこれから食べたいご馳走のことだった。ホームシックなどに縁はなかった。太陽の地はいまやひどくおぼろで遠く、その記憶にはもはや彼を捕らえる力はなかった。もっとずっと強かったのは、遺伝の記憶だった。一度も見たこともないものを、なぜか見覚えのあるようにする記憶。要するにそれは本能であり、本能とは先祖の記憶が習慣化したものにほかならず、後世に至りそれが衰えてしまっていたものの、いまになってバックの中でふたたび息づき、蘇ったのである。

時おり、そうやって焚火の前にうずくまって、炎を見ながら夢見心地で目を細めていると、その炎が別の焚火の炎のように思えてきて、その別の焚火のそばにうずくまっていると、目の前にいる混血の料理人とは違う別の人間が見えてきた。この別の男は脚が短く腕は長く、筋肉は丸まって膨らんでいるというよりごつごつして筋ばっていた。髪は長くてもつれ、額は斜めに引っ込んでいる。男は奇妙な声を発し、闇をひどく怖がっている様子で、ひっきりなしに闇を覗き込み、膝と足先のあいだに垂らした手には、先っぽに重い石をくくりつけた棒を握りしめていた。裸同然で、ぼろぼろの、あちこち焦げた獣の皮が背中の途中まで垂れているだけだが、体には毛がびっしり生えていた。胸、肩、腕や太腿の外側など、たっぷりの毛がもつれてほとんど分厚い毛皮のようだった。まっすぐ立ちはせず、腰から上が前に傾き、それを支える脚も膝が曲がっていた。体には奇妙な弾み、ほとんど猫のようなしなやかさと、見えるもの見えないもの両方をつねに恐れて生きてきた者特有の油断ない敏捷さがあった。

またあるとき、毛深い男は焚火のそばでうずくまり、頭を脚のあいだに突っ込んで眠った。そんなとき肱は膝の上に立てられ、両手を頭の上で、あたかも毛深い腕で雨を弾こうとするみたいに組んでいた。その焚火の向こう、火を囲む闇の中に、無数の小さな熾火(おきび)が赤く燃えているのがバックには見えた。赤い燠は二つずつ、つねに二つずつあった。それらが猛獣の目であることがバックにはわかった。そして下生えの中を猛獣たちが通っていくバサバサという音、夜の中で彼らが立てる音がバックには聞こえた。ユーコン川の川辺で、気だるい目を細めて火を眺めながら夢を見ていると、別の世界のそうした音や光景のせいで背中の毛が持ち上がり、肩や首の毛も逆立って、そのうちにバックは低く押し殺した鳴き声を漏らしたり、小さくうなり声を発したりし、混血の料理人に「おいバック、目を覚ませ！」と言われるのだった。するともうひとつの世界は消え、現実の世界が戻ってきて、バックはいままで眠っていたかのように起き上がり、あくびをして、伸びをした。

それは辛い旅だった。郵便をどっさり引いて走る重労働に、犬たちはへばっていった。ドースンに着いたときは体重も減り体も弱っていて、十日、あるいはせめて一週間の休息が必要だった。ところが、二日後にはもう彼らは警察本部を出発し、外の世界への手紙を積んでユーコン川の土手を下っていた。犬たちは疲れていて、犬使いたちは愚痴をこぼした。さらに悪いことに、毎日雪が降った。そのせいで道は軟らかくなり、橇の滑り板（ランナーズ）にかかる摩擦が増して、犬たちが引く重さも増した。それでも犬使いたちは理不尽な要求をしたりもせず、犬たちのためにつねに最善を尽くしてくれた。

毎晩、まず犬の世話が最初だった。犬使いより前に犬が食べ、どの犬使いも、自分の犬たちの脚を点検し終えるまで寝仕度をしなかった。それでもやはり、犬たちは衰えていった。冬の始まり以来一八〇〇マイルを旅し、その辛い道のりずっと、橇を引いてきたのだ。どんなに丈夫な者でも、一八〇〇マイルとなればいずれは堪えてくる。バックはそれに耐え、仲間たちにもきちんと仕事をさせ、規律を保ったが、自分もひどく疲れていた。ビリーは毎晩寝ながらメソメソ情けない声で鳴いた。ジョーはいつにも増して喧嘩腰で、ソル＝レクスは――目の見えない側であれ見える側であれ――近づきようがなかった。

けれども、一番苦しんだのはデイヴだった。デイヴの何かがおかしくなってしまっていた。陰気で苛立ちやすくなって、野営が張られるとすぐさまねぐらを作り、犬使いに食べさせてもらった。ひとたび牽具を外されて横になると、翌朝牽具を付ける時間まで起き上がらなかった。時おり、走っている最中に橇が急に止まったり、動き出すときに強く引っぱられたりすると、痛さのあまり声を上げた。犬使いが体を調べてみたが、どこも悪いところは見つからなかった。ほかの犬使いたちも興味を示した。食事の時や寝る前のパイプの時間に話しあい、ある夜診察が行なわれた。ねぐらから焚火の前にデイヴは連れてこられて、さんざん押され、突っつかれて何度も悲鳴を上げた。体内の何かがおかしくなっているのに、折れた骨一本見つからない。訳がわからなかった。

カシア砂洲に着くころには、もうすっかり弱っていて、走っている最中に何度も転んだ。とうとうスコットランドの混血男が止まれと声を上げ、デイヴを隊から外して、次の犬のソル＝レクスを橇に縛りつけた。男としては、荷なしで橇のうしろを走らせてデイヴを休ませるつもりだった。が、病んではいても、列から外されることにデイヴは憤り、綱を解かれるあいだもうなり声をやめず、長いこと自分が務めてきた位置にソル＝レクスが据えられるのを見るとひどく切なげな声を上げた。橇を引いて走ることこそデイヴの誇りであり、死に至る病を患っていても、自分の仕事をほかの犬がすることに耐えられなかったのである。

橇が走り出すと、デイヴは踏みならされた橇道の横の軟らかい雪の上をのた打つように走り、ソル＝レクスに噛みつき、体当たりして向こう側の軟らかい雪の方へ押しのけようとし、引き綱の中に飛び込んでソル＝レクスと橇のあいだに割って入ろうとあがき、その間ずっと悲しみと痛みゆえに鳴いたり叫んだりみじめな声を上げつづけた。混血男が鞭で追い払おうとしたが、デイヴはその身を切る痛さも意に介さず、男としてもそれ以上強く打つ気にはなれなかった。橇のうしろの楽な道を大人しく走ることをデイヴは拒み、一番楽でない、軟らかな雪の上を依然のた打ちつづけ、ついに精根尽きてしまった。ばったり倒れ、倒れた場所にそのまま横たわり、橇が次々疾走していくかたわらで痛ましく吠えた。

最後の力を振り絞って、デイヴはうしろからふらふら懸命について来て、橇の列がもう一度止まると、列の横を通って自分の橇まで行き、ソル＝レクスの隣に立った。犬使いはうしろの男からパイプの火をもらうためにしばしとどまった。そして自分の位置に戻ると、犬たちを出発させた。彼らは威勢よく橇道に戻ったが、あまりに力が要らないので不安になってふり返り、驚いて止まってしまった。犬使いも驚いた。橇は動いていなかったのだ。犬使いはその光景を見せようと仲間たちを呼んだ。デイヴがソル＝レクスの引き綱を二本とも嚙み切ってしまい、橇のすぐ前、自分本来の場所に立っていたのだ。

ここにいたい、とデイヴは目で訴えていた。犬使いは途方に暮れてしまった。仲間たちは口々に、犬というものは時に、命を落とすような仕事でもそれを取り上げられると傷心のあまり胸が裂けてしまうのだと言い、自分たちの知っている、老いたり怪我をしたりでもう働けなくなった犬が綱を切られたせいで死んでしまった例を挙げてみせた。そして彼らは、デイヴはどのみち死ぬのだから、綱をつけてやって心安らかに死なせてやるのが情けというものだと唱えた。というわけでふたたび牽具が付けられ、かつて同様にデイヴは誇らしげに橇を引いたが、体の痛みに襲われて思わず声を上げることも一度ならずあった。何度も転んで、綱をつけた体を引きずられ、あるときなどは橇に轢かれてしまい、以後うしろ脚の片方を引きずって走った。

それでも、野営地に着くまで持ちこたえ、犬使いが焚火のそばに居場所を作ってやった。朝になると、あまりに弱っていてもう旅は無理だった。牽具を付ける時間になると、犬使いの方へ這っていこうとした。ぴくぴく痙攣するように動いて立ち上がり、よろめき、倒れた。それから、べったり地面に腹をつけ、仲間たちが牽具を付けてもらっているところへ向かってのろのろ進んでいった。前脚を押し出し、ぐいと引っかけるようにして体を持ち上げ、また前脚を押し出して、またぐいっと引っかけて何インチか進む。力はもう尽きてしまっていた。仲間たちが最後に見たのは、デイヴがゼイゼイ喘いで雪の中に横たわり、彼らの方に行きたがっている姿だった。だが彼らの耳には、川沿いの林の蔭に入って視界が遮られてもまだ、哀しい吠え声が届いていた。

橇の列が止められた。スコットランドの混血男は、あとにして来た野営地へゆっくり戻っていった。男たちは話すのをやめた。拳銃の音が鳴りひびいた。男はそそくさと戻ってきた。鞭がうなり、鈴が陽気にちりんと鳴って、橇の列は疾走していった。だがバックは、そしてほかの犬もみな、川沿いの林の向こうで何が起きたかを知っていた。

V　橇道の苦難

ドーソンを出てから三十日後、ソルトウォーター郵便は、バックとその仲間たちを先頭にスカグウェーに到着した。彼らは疲れ、やつれて、見るも哀れな有様だった。バックの体重は一四〇ポンドから一一五ポンドまで減っていた。仲間のもっと軽い犬たちは、比率としてはさらに多くを失っていた。生涯ごまかしを重ねるなかで何度も脚を痛めたふりを装ってきたさぼり屋パイクは、いまや本当に脚を引きずっていた。ソル＝レクスも脚を引きずっていたし、ダブは肩甲骨を痛めていた。

全員の足先が疲労していた。もう弾みも勢いも残っていなかった。足が重く橇道を打ち、体がぐらつき、一日走ることの疲労は倍になった。死ぬほど疲れていること以外、みんなどこも悪いところはなかった。つかの間、過度に働いたことから生じる過労ではない。それならものの数時間で元に戻る。それは、何か月も死物狂いで働いて、力がじわじわ、長期にわたってすり減っていくことから生じる過労だった。もはや回復力は残っておらず、引き出せる力の蓄えもなかった。最後のわずかな残りまで、すべて使い尽くされていた。いっさいの筋肉、繊維、細胞が疲れきっていた。無理もなかった。五か月足らずのうちに二五〇〇マイルを走ったのであり、後半の一八〇〇マイルでは五日しか休んでいなかったのだ。スカグウェーに着いたときはもう、見るからに倒れる寸前だった。引き綱の張りを保つのがやっとだったし、下り勾配では遅れて橇に轢かれぬよう努めるので精一杯だった。

「進め、疲れた足たち」と犬使いは、スカグウェーの大通りをよろよろ走る犬たちを励ました。「これで最後だ。これでゆっくり休めるんだ。ほんとさ。ゆっくり何日も休めるんだよ」

　当然何日もとどまれるものと、犬使いは確信していた。人間たちだって、二日休んだだけで一二〇〇マイルを行ったのであり、常識的に考えて、しばらくはのんびりする権利があるはずだった。ところが、クロンダイクに押し寄せた男たちの数は膨大であり、押し寄せなかった恋人、妻、家族の数も膨大だったから、滞（とどこお）った郵便はアルプスのように高く積み上がっていた。それにまた、政府の命令もあった。もはや役に立たなくなった犬たちに代わって、ハドスン湾の犬たちが新たに届けられた。役に立たなくなった連中は始末するしかなく、いくらかでも金に換えられればと、売りとばすことになった。

　三日が過ぎて、バックと仲間たちは、自分たちが本当にどれほど疲れ、弱っているかを痛感していた。四日目の朝、合衆国から来た男二人が現われて、彼ら全員を、牽具も込みで二束三文で買いとった。男たちはたがいを「ハル」「チャールズ」と呼んでいた。チャールズは中年の、肌は白めの男で、目は潤んでいて痛みやすく、口ひげは猛々しくねじられてぴんと立ち、それが隠している力なく垂れた唇とまるでそぐわなかった。ハルは十九か二十歳の若者で、大きなコルトのリボルバーとハンティングナイフとを、薬莢（やっきょう）をぎっしり差し込んだベルトにくくりつけていた。このベルトが彼の中で一番目立つ要素だった。それは彼の未熟さを、言語を絶する純然たる未熟さを物語っていた。男たちは二人とも見るからに場違いだった。なぜこんな連中がわざわざ北の地まで出かけてくるのか、これはもう人知を超えた神秘というしかない。

バックは男と政府の役人とのあいだの値切り交渉を聞き、金が行き来するのを見て、これでスコットランドの混血男も郵便配達の犬使いたちも、ペローとフランソワ、さらには彼らより前に消えていった者たちに続いて自分の生から去っていくのだと悟った。仲間と一緒に、新しい主人たちに追い立てられて野営地に着くと、そこは何ともぞんざいでだらしない場だった。テントはだらんと垂れているし、皿は洗っていないし、何もかもが雑然としている。そして、女性が一人いた。「マセイディーズ」と男たちは彼女を呼んでいた。チャールズの妻で、ハルの姉である。楽しい家族旅行というわけか。

彼らがテントを畳んで橇に荷を積むのを、バックは不安な面持ちで見守った。三人とも大いに頑張ってはいるのだが、そこには整然たる方法のようなものは何もなかった。テントは下手くそに巻かれ、本来の三倍膨らんでいた。ブリキの食器は洗われぬまま積み込まれた。マセイディーズはしじゅう二人の男の邪魔に入り、叱責と忠告をペチャクチャ切れ目なくくり出していた。彼らが衣服袋を橇の前に据えると、うしろに据えてはどうかと提案し、うしろに据え、ほかの包みを二つばかり上に重ねると、これまで見逃していた、まさに下になった衣服袋の中以外には入る場所のない品を彼女は発見し、荷はふたたび下ろされる破目になった。

そばのテントから男が三人やって来て、ニタニタ笑い、目配せしあいながら見物した。

「ずいぶんな荷物だねえ」と一人が言った。「大きなお世話だろうけどさ、俺だったらそのテント、持ってかないね」

「冗談じゃないわ!」とマセイディーズが両手を投げ上げ、そんな野蛮な真似なんてという顔で言った。「テントなしで、いったいどうしてやっていけるの?」

「春ですからね、もうこれ以上寒くなりませんよ」と男は答えた。

彼女は断固首を横に振り、チャールズとハルは山のような荷のてっぺんに最後の品々を積み上げた。

「それ、走れるかねえ」と男の一人が訊いた。

「どうして走れないっていうんだ?」とチャールズがややムッとした口調で言い返した。

「いや、いいんだ、いいんだ」と男はすぐさま愛想好く言った。「ちょっとどうかなって思っただけでさ。ほんのちょっと、上の方が重いから」

チャールズは背を向けて、荷を縛った紐を精一杯きつく引っぱったが、およそ十分なきつさではなかった。

「それに犬たちも、その代物引いて一日中走れるしな」ともう一人の男も言った。

「そうだとも」とハルが冷ややかな上品さとともに言いながら、片手で橇の梶棒を摑み、もう一方の手で鞭を振った。「進め！」と彼は叫んだ。「さあ進め！」

犬たちは飛び上がって胸帯をぐいと引き、しばし力を込めていたが、やがてまた力を抜いた。橇は動かなかったのである。

「怠け者の獣たちめ、懲らしめてやる」とハルは叫んで、鞭で犬たちに打ちかかろうとした。ところがマセイディーズが割って入り、「駄目よ、ハル」と叫んで鞭を摑み、彼の手からもぎ取った。「犬たちが可哀想！　ねえハル、旅のあいだずっと、この子たちに辛く当たらないって約束してくれなくちゃ駄目よ、さもないとあたし、一歩も動かないわよ」

「犬のことなんか何も知らないくせに」とハルは鼻で笑って言った。「余計な口、出さないでくれよ。こいつらは怠け者なんだ。何かやらせようと思ったら、鞭でぶっ叩くしかないんだよ。そういう奴らなんだ。誰かに訊いてみろよ。そこにいる誰に訊いたっていい」

マセイディーズは訴えるような目で男たちを見た。その可憐な顔に、犬たちの痛みを目にしたことへの無言の嫌悪が表われていた。

「こいつらはですね、もう弱ってるんです」と男たちの一人から答えが返ってきた。「とことんくたびれ果ててる。そういうことなんです。休養が要るんです」

「ケッ、何が休養だ」とハルがひげも生えていない口から声を出し、マセイディーズはその汚い言葉に傷つき悲しんで「まあ！」と言った。

だが彼女は、同族を重んじる人間であった。弟を弁護しようと、すぐさま彼の許に飛んでいった。「あんな奴の言うこと、気にしちゃ駄目よ」と彼女はきっとなって言った。「犬たちを操るのはあんたなんだから、あんたが一番いいようにやればいいのよ」

ふたたびハルの鞭が、犬たちの体に降ってきた。彼らは懸命に胸帯を引っぱり、固まった雪に足を突っ込み、体を低くして全力を振り絞った。橇は錨のごとく、びくともしなかった。二度試みた末に彼らは立ち尽くし、ゼイゼイ喘いでいた。鞭がひゅうっと残酷に鳴り、ふたたびマセイディーズが割って入った。バックの前でひざまずき、目に涙を浮かべて彼の首を抱きしめた。

「可哀想に、可哀想に、あんたたち」と彼女は同情の念を込めて叫んだ。「一生懸命引っぱればいいのよ、そしたら鞭で打たれないのよ」。バックはこの女性が嫌だったが、あまりのみじめな気分に抗う元気もなかったから、これも一日の辛い仕事の一環として受けとめた。

見物人の一人の、それまでずっと歯を食いしばって激しい言葉をこらえていた男が、とうとう口を開いた——

「あんたらがどうなろうと俺の知ったこっちゃないが、犬たちのためにここは言わせてもらう。その橇、まず滑り板を雪から出してやったら犬たちもだいぶ助かるんだよ。滑り板が凍りついちまってる。梶棒に体重かけて、左右に揺らして、雪から出すんだ」

かくして三度目の試みがなされたが、今回は男の忠告を入れてハルが凍りついた滑り板を雪から引き出した。荷を積みすぎた、不格好な橇は走り出し、バックと仲間たちは鞭の雨を浴びながら懸命に引っぱった。百ヤード先で道が曲がっていて、急な下り坂をなして大通りに通じていた。上の方が重い橇をまっすぐ保つには経験豊かな人間でないと無理だっただろうし、ハルはそういう人間ではなかった。ぐいっと曲がるとともに橇は転倒し、緩い紐をすり抜けて荷の半分がこぼれ落ちた。犬たちはいっこうに止まらなかった。軽くなった橇は、横向きのまま彼らに引かれて跳ねていった。ひどい仕打ちと、不当な重荷に犬たちは怒っていた。バックは激怒していた。彼は一気に駆け出し、隊全体もその先導に従った。ハルが「止まれ！ 止まれ」と叫んだが犬たちは耳を貸さなかった。ハルはよろけて、橇から投げ出された。引っくり返った橇がその上をずるずる滑っていき、犬たちは構わず通りを駆けていった。荷物の残りが大通りにばらまかれて、スカグウェーの住民たちは大いに盛り上がった。

心優しい町の人々が犬たちを捕まえ、散らばった所持品を集めてくれた。彼らはまた、忠告も与えてくれた。ドースンまで行こうと思うんだったら荷物は半分、犬は倍、というのが彼らの勧めだった。ハルと姉と義兄はしぶしぶそれに従い、ひとまずテントを張り、荷物を見直した。缶詰の食品が出てくるのを見て男たちは笑った。大橇街道（ロング・トレール）では、缶詰なんて夢にしか出てこないのだ。「毛布もホテル並だな」と一人の男が笑い、助言してくれた。「半分でもまだ多すぎる。捨てるんだ。そのテントもだ。そこの皿もみんな――そんなもの誰が洗う？ まったく、あんたらプルマン〔高級寝台車〕で旅してるつもりか？」

　こうして、余分なものが容赦なく取り除かれていった。自分の衣裳袋が次々地面に放り出され、一品一品捨てられていくのを目にしてマセイディーズは泣いた。捨てなければいけないことに泣き、何かが捨てられるたびにさらに激しく泣いた。膝を両手で抱えて、ひどく切なげに体を前後に揺すっていた。あたしもう一インチだって動かない、チャールズが一ダースいたって、と彼女は言い放った。そしてすべての人間、すべてのものに助けを乞うたが、ついに涙を拭いて、衣服を片っ端から、絶対必要な物まで捨てにかかった。勢いに駆られて、自分の物を済ませると今度は男たちの持ち物に取りかかり、竜巻のように次々片付けていった。

　作業が済むと、荷物は半分に減っていたが、それでもまだ膨大な量だった。チャールズとハルは夕方に出かけていって、外地の犬を六匹買ってきた。これが元来の六匹と、新記録を作った際にリンク急流で加わったハスキー犬ティークとクーナに仲間入りし、全部で十四匹。だが外地の犬たちは、こっちへ来て以来いちおう慣らされてはいたものの、大した働きはできなかった。三匹は毛の短いポインター、一匹はニューファンドランド、そして二匹は血統も定かでない雑種犬だった。新入りたちはまったく何も知らないように見えた。バックと仲間たちはうんざりした思いで眺め、バックはただちに彼らに自分たちの地位を教え、何をすべきでないかを教えたが、何をすべきかは教えられなかった。橇を引いて走る仕事に彼らはおよそなじめそうになかった。二匹の雑種を例外として、見慣れぬ野蛮な環境に連れてこられて邪険な扱いを受けたことに戸惑い、落胆しているように見えた。二匹の雑種は落胆する元気すらなさそうだった。彼らの中で壊れうるのは骨だけだった。

新入りは望みなしだし意気消沈しているし、前からの仲間は二五〇〇マイルの絶えざる旅で疲れきっているしで、見込みはおよそ明るいとは言えなかった。だが二人の男はどこまでも陽気だった。そして彼らは誇り高くもあった。十四匹の犬を従え、すべてを格好よくやろうとした。彼らはこれまで、いろんな橇がドースンめざして峠を越え、ドースンからやって来るのを見てきたが、十四匹も犬のいる橇は見たことがなかった。北極地方の旅にあって、十四匹の犬がひとつの橇を引くべきでない理由はちゃんとある。すなわちそれは、ひとつの橇では十四匹の食糧を運べはしないという事実である。だがチャールズとハルはそのことを知らなかった。これは一本の鉛筆で計画した旅だったのである。犬一匹にこれこれ、その犬が何匹、掛ける何日、証明終わり。マセイディーズも彼らのうしろから覗き込み、わかったような顔でうなずいた。万事実に簡単な話だった。

翌朝遅く、バックは長く連なる隊を連れて街なかを進んでいった。活気のかの字もなく、彼にも仲間たちにもきびきびしたところ、活きのいいところはまるでなかった。出発の時点から死ぬほど疲れていた。ソルトウォーターとドースンのあいだの道をこれまで四回走破していたバックは、身も心も疲れた有様で同じ道をもう一度行くのだとわかっていたから、ひどく恨みがましい気分になっていた。仕事に身が入らなかったし、それはほかの犬たちも同じだった。

外地の犬たちは怖気づいて怯え、地元の犬たちは飼い主を信頼していなかった。

この男二人と女一人に頼っても無駄だ、バックはそう漠然と感じていた。何ひとつやり方を知らないし、日が過ぎていくにつれて、学ぶ力もないことが明らかになっていった。三人とも何をするにも雑で、秩序も規律もなかった。ぞんざいな野営を張るのに夜の半分かかり、その野営を畳んで橇に荷物を積むにも朝の半分かかったし、しかも積み方はひどくぞんざいだったから、一日中、くり返し橇を止めては荷物の山を整え直さねばならなかった。十マイルも進めない日もあった。まったく出発できない日すらあった。犬の食糧を計算する基準となる走行距離の半分を越えた日は一日もなかった。

犬の食糧が足りなくなるのは目に見えていた。しかも男たちは、犬に食べ物を与えすぎることでわざわざその日を早めてしまった。地元の犬はつねに飢えているせいで少量から最大限吸収できるよう消化能力が鍛えられていたが、外地の犬たちはそうではなかったから食欲も非常に旺盛だった。これに加え、疲れはてたハスキーたちの引き方が弱いのを見て、標準の割当て量では少なすぎるとハルは判断し、与える量を倍にした。さらにまた、可憐な瞳に涙を浮かべ喉を震わせたマセイディーズが、もっと多くを犬たちにやるようハルを説き伏せられないと見ると、食糧袋から魚を盗み出し、犬たちにこっそり与えたのである。だがバックやハスキーたちが必要としていたのは、食べ物ではなく休息だった。そして、進み具合はのろのろでも、引かされている荷物の重さが彼らの力をどんどん吸いとっていた。

やがて、食べ物を十分もらえない時がやって来た。ハルはある日、犬の食糧は半分なくなったのに距離はまだ四分の一しか行っていないという事実に目覚めた。どうあがいたところでこれ以上食糧が手に入りはしない。そこで彼は、標準の割当量すら削って、代わりに一日の走行距離を増やそうとした。姉と義兄もその決断を支持した。けれども彼らは、荷物の重さと自分たちの無能さに足を引っぱられた。犬にやる食べ物を減らすのは簡単な話だが、犬をより速く走らせるのは不可能だったし、朝もっと早く出発する能力を彼ら自身欠いているせいで、より長時間走ることも不可能だった。彼らは犬を働かせるすべを知らないのみならず、自分を働かせるすべも知らなかった。

まず犠牲となったのはダブだった。ヘマをしては捕まって罰せられているコソ泥とはいえ、それでも仕事は忠実にこなしていたのに、痛めた肩甲骨を治してもらえず、休ませてもらえなかったせいでどんどん悪化し、とうとうハルが大きなコルトのリボルバーで撃つ破目になった。外地の犬はハスキーの配給量では餓え死にするというのがこの地方の言い習わしであり、バックの下で働く外地犬六匹も、ハスキーの配給量の半分では、もはや死ぬしかなかった。まずニューファンドランド犬が倒れ、毛の短いポインター三匹があとに続き、雑種二匹はもっと貪欲に生にしがみついたが、最後は同じ道をたどった。

このころにはもう、南の地の礼儀も優しさも、三人からはすべて失われていた。極地の旅はもはやその魅力もロマンスも消え、男としての、そして女としての彼らにとってあまりに苛酷な現実と化していた。マセイディーズが犬たちの身を想って泣くこともなくなった。自分の身を想って泣くこと、夫と弟相手の喧嘩に明け暮れることで精一杯だったのである。三人とも、喧嘩だけはいくら疲れていてもやめなかった。辛い状況から苛立ちが生じ、辛さに比例して苛立ちも募っていき、辛さを元に倍増して、辛さのはるか向こうまで広がっていった。橇道を行く、必死に働き辛苦を嘗める者たちは、時に驚くほどの忍耐強さを身につけ、話しぶりも穏やかなまま、心持ちも優しいままでいたりするものだが、そういう忍耐強さはこの男二人と女一人には訪れなかった。そんな忍耐など、彼らは思い至りもしなかった。体はこわばり、あちこちが痛んだ。筋肉も、骨も、心までが痛かった。そのせいで言い方も刺々しくなって、朝一番に口から出るのもきつい言葉なら、夜最後に出るのもきつい言葉だった。

チャールズとハルは、マセイディーズが少しでもきっかけを与えればかならず言い争った。自分は割り前以上の仕事をしているのだと二人とも固く信じていて、どちらも事あるごとにその確信を口にした。マセイディーズは時に夫に、時に弟に味方した。その結果、麗しい、はてしない家族喧嘩が生じることになった。焚火に使う若干の薪をどちらが伐ってくるかをめぐる口論から始まって、チャールズとハルだけにかかわるその口論に、程なく父、母、おじ、いとこ、何千マイルも離れていて時には死んでいる人々等々親族みんなが引きずり込まれる。ハルの芸術観とか、ハルの母の兄が書く社交劇の傾向などが、若干の薪を伐ることと何の関係があるのか、およそ理解を超えているが、にもかかわらず彼らの口論は、チャールズの政治的偏見にそれるのと同じ確率でそうした方向にくり返しそれて行った。そしてまた、チャールズの妹の悪口好きが、ユーコン川で焚火をすることとどう繋がるのかも、マセイディーズにとってのみ明らかであり、その話題に関して彼女は膨大な量の見解を吐き出し、ついでに夫の家族特有の不快な特徴にもいくつか触れた。その間、火は焚かれないままであり、野営も張りかけのまま、犬も食事を与えられぬままだった。

マセイディーズには、とりわけ大きな不満の種がひとつあった。すなわち、女性ゆえの不満。それまでずっと彼女は、可憐で華奢で、男たちから丁重に扱われてきた。ところが現在の、夫と弟による扱いは、およそ丁重とは言えない。自分ひとりでは何もできないというのを当然の習わしとしてきたのに、夫と弟はそのことに文句を言った。彼女にしてみれば、女としてのもっとも根本的な特権を非難されたのである。彼女は男二人の生活を耐えがたいものにした。もはや犬たちを思いやったりもせず、自分の体が痛み、疲れているからと、一日じゅう橇に乗ろうとした。可憐で華奢でも、体重は一二〇ポンドある。弱った、飢えた動物によって引かれる荷物の上に加わった、ついに限界を超えさせる最後の藁一本である。犬たちが引き綱を付けたまま倒れ、橇が停止してしまうまで、彼女は何日も乗りつづけた。お願いだから降りて歩いてくれ、とチャールズとハルは頼み、乞い、嘆願したが、彼女はしくしく泣いて、天を聞き手に二人の野蛮さをとうとうと訴えた。

男たちは一度、力ずくで彼女を橇から引きずり降ろした。彼らは二度とやらなかった。聞き分けのない子供のように彼女は脚を投げ出し、橇道に座り込んだ。男たちは進んでいったが、彼女は動かなかった。三マイル進んだ末に男たちは橇から荷物を降ろし、彼女を迎えに戻っていって、力ずくで彼女を橇の上に戻した。

自分たちがあまりに辛いものだから、三人は動物たちの苦しみにおよそ無感覚だった。冷酷にならなければやって行けない、というのがハルの持論であり、彼はそれをほかの者たち相手に実践した。まずはその論を姉と義兄に向かって説いたが、これは上手く行かず、次は棍棒でもって犬たちに叩き込んだ。ファイヴフィンガーズで犬の食糧がなくなり、歯のない年老いたインディアン女が、ハルの腰で大きなハンティングナイフと連(つる)んでいるコルトのリボルバーを凍った馬の皮数ポンドと交換してやろうと言ってきた。それは六か月前、馬追いたちが殺した飢えた馬たちから剝いだ皮で、食べ物の代用品としては何とも貧しい代物だった。凍った状態ではむしろトタン板という感じで、犬が何とか胃に押し込むと、胃の中で融けて、細く栄養もない革紐と、短い毛のかたまりに変容し、チクチクすること、消化しがたいこと甚(はなは)だしかった。

この間ずっと、バックは悪夢の中にいるかのように、先頭に立って必死に進んだ。引けるときは引き、もはや引けなくなると倒れ、鞭か棍棒の雨が降ってきて無理矢理立たされるまで倒れたままでいた。その美しい毛皮の外被からは、いっさいの張りや艶が抜けてしまった。毛は力なく、薄汚く垂れ、ハルの棍棒に痛めつけられたところは乾いた血がこびりついていた。筋肉は衰えてごつごつの紐と化し、肉の盛り上がりはすべて消えて、あばら一本一本、骨一本一本、たるんで空っぽの襞々となり果てた皮ごしに、はっきり輪郭まで見えた。それは胸のはり裂けそうな姿だったが、バックの胸は裂けようがなかった。そのことは赤いセーターの男が証明済みだった。

バックの仲間たちも同じだった。彼らは歩く骸骨だった。バックを入れて、全部で七匹。あまりに辛い状況のなか、鞭の痛さも棍棒の打ち傷も感じなくなっていた。打たれる痛みは鈍く、遠かった。そして目が見て耳が聞く物たちも鈍く、遠く感じられた。彼らは半分も、四分の一も生きていなかった。みんなただの骨の袋であり、その袋の中で、生の火花がかすかにゆらめくだけだった。橇が止まると、綱をつけたまま死んだように倒れ込み、火花は暗く、薄くなり、いまにも消えてしまいそうだった。そして棍棒か鞭が降ってくると、火花は弱々しいながらもまたたいて、彼らはよろよろ立ち上がり、懸命に進んだ。

やがて、お人好しビリーが倒れて、起き上がれなくなる日が訪れた。リボルバーはもう交換してしまっていたので、ハルは斧を出して、引き綱をつけたまま倒れているビリーの頭に振りおろした。そして死体を切って牽具から外し、隅に引きずっていった。バックはそれを見て、仲間たちも見て、明日はわが身だと悟った。翌日クーナが倒れ、あとには五匹しか残らなかった。ジョーはあまりに弱って、喧嘩腰を示す元気もなかった。パイクは痛めた足を引きずり、朦朧として、もはやさぼるだけの意識もなかった。片目のソル＝レクスは、橇道の苦難にも依然忠実に耐え、引く力が自分にわずかしか残っていないことを悲しんでいた。ティークはその冬さほど旅もしておらず、慣れぬゆえに疲れもいっそう激しかった。バックはいまなお隊の先頭に立っているものの、もはや規律を守らせも、守らせようともせず、半分くらいの時間はあまりに弱って目も見えず、道がぼうっと広がっている感じと、足のおぼろげな感覚とに頼って、どうにか道から外れずに済んでいるにすぎなかった。

美しい春の気候だったが、犬も人間も目にとめていなかった。日の出は日ごとに早まり、日の入りは遅くなった。午前三時には夜が明け、黄昏（たそがれ）は夜九時まで続いた。長い一日、陽がギラギラ照りつけた。幽霊のごとき冬の静寂に代わって、生が目を覚ます春の大いなるさざめきが広がった。陸地一帯から、生きることの悦びをみなぎらせてさざめきは立ちのぼった。それはふたたび生きて動く者たちから、極寒の数か月死んだも同然で動いてもいなかった者たちから発せられた。松の木の中で樹液がのぼって行った。ヤナギとポプラは蕾（つぼみ）をはち切らせていた。藪（やぶ）や蔓（つる）はみずみずしい緑の衣を身につけていった。夜はコオロギが歌い、昼はあらゆる種類の這い回る者たちがゴソゴソ陽なたに出てきた。ヤマウズラとキツツキは森で鳴き、木をつついた。リスがお喋りし、鳥が歌い、頭上では南からやって来た猟鳥たちが楔形（くさび）の連隊を組んで空を裂き、高らかに声を上げた。

あらゆる丘の斜面から、水のせせらぎ、見えない泉の音楽が聞こえた。すべてのものが融け、たわみ、弾けた。ずっと氷に押さえつけられていたユーコン川はその束縛から脱しようと内側から押し返していた。下からじわじわ融かしていき、上からは太陽が融かしてくれた。空気穴が出来て、亀裂が生じて広がり、薄い氷は丸ごと川に落ちた。何もかもがこうしてはち切れ、裂け、目覚めゆく生に疼くなか、照りつける太陽の下、柔らかな吐息の風の中を、死へと向かうさすらい人のように、男二人、女一人、そしてハスキー犬たちはふらふら進んでいった。

犬たちが倒れ、マセイディーズがしくしく泣いて橇から降りず、ハルは無力な悪態をつき、チャールズの目が切なく潤むなか、一行はホワイト川河口にあるジョン・ソーントンの野営地にふらふらと入っていった。止まったとたん、犬たちはあたかも叩き殺されたかのようにばったり倒れた。マセイディーズは涙を拭いてジョン・ソーントンを見た。チャールズは丸太に腰かけて休んだ。体がすっかりこわばっているので、ひどくゆっくり、そうっと腰を下ろした。ハルが代表してジョン・ソーントンと話した。ジョン・ソーントンはカバの木切れで斧の柄を作っていて、仕上げの削りを入れている最中だった。削りながら耳を傾け、短く一音節で答え、求められるとそっけない忠告を口にした。この手の連中は知っていた。どうせ相手は従うまいと確信しつつ彼は忠告を与えた。

「山の上でも言われたよ、橇道の底が抜けそうだからしばらく待てって」とハルは、もろい氷の上はこれ以上通らない方がいいというソーントンの警告に答えて言った。「ホワイト川は渡れないって言われたけど、俺たちこうして渡ってきたわけでさ」。鼻で笑うような勝ち誇った響きが最後の一言にはあった。

「連中の言うとおりだ」とジョン・ソーントンは答えた。「底がいつ抜けてもおかしくない。

渡るのはまぐれ当たりの阿呆だけだ。はっきり言う。俺だったらアラスカ中の金全部もらってもあの氷に命賭ける気にはならない」

「それって、あんたが阿呆じゃないからだろうな」とハルは言った。「でも俺たちは、ドーソンに行く」。巻いてあった鞭を彼は広げた。「起きろ、バック！　おい！　起きろ！　進め！」

ソーントンは削りつづけた。彼にはわかっていた。阿呆の愚行を止めようとしても無駄だと。阿呆が二、三人増えようが減ろうが、どうせ世界が変わりはしない。

だが犬たちは命令されても起き上がらなかった。もうずいぶん前から、打たれないことには何もしない段階に犬たちは入っていた。鞭が宙を飛びかい、無慈悲な任を果たした。ジョン・ソーントンは唇をすぼめた。まずソル＝レクスが這うようにして立ち上がった。ティークが続いた。次にジョーが、痛さに吠えながらも起きた。パイクも痛ましい努力をした。二度、なかば立ち上がったものの倒れ、三度目でどうにか立った。バックは何の努力もしなかった。倒れたところに、そのままひっそり横たわっていた。鞭が何度も体に食い込んできたが、声も上げずあがきもしなかった。ソーントンは何度か、口を出そうとするように動きかけたが、その都度思いとどまった。目が潤んできて、鞭打ちが続くなか立ち上がり、決めかねるような様子でうろうろ歩き回った。

バックが命令に従わなかったのはこれが初めてであり、それだけでもハルを激昂させるに十分だった。鞭の代わりに、いつもの棍棒をハルは持ち出してきた。より重たい殴打の雨が降ってきても、バックはまだ動こうとしなかった。仲間たちと同じで、かろうじて起き上がるだけの力は残っていたが、仲間たちとは違って、もう起き上がるまいと心に決めていたのである。破滅がさし迫っていることを、バックは漠然と感じとっていた。土手に着いて橇が止まったときからその予感がはっきり生じ、そのまま薄らいでいなかった。一日中、足下に薄い、もろい氷を感じていたし、破局がすぐ近く、この飼い主たちが自分を行かせようとしている方の氷の上で待ち構えている気がした。バックは動こうとしなかった。あまりにもひどく苦しんできて、あまりに弱っていたので、殴られても大して痛くなかった。殴打はなおも降りつづき、内なる生の火花がチカチカ光り、また暗くなった。火花はほとんど消えていた。麻痺のような、奇妙な無感覚がバックを包んでいた。殴られていることを、あたかもずっと遠くの出来事のように意識していた。痛みの最後の感覚が彼から離れていった。もはや何も感じなかったが、ごくかすかに、棍棒が体を打つ衝撃音は聞こえてきた。でもそれはもう自分の体ではなかった。それほど遠くに思えた。

それから、突然、何の前触れもなしに、言葉にならない、むしろ動物の叫びに聞こえる叫び声を上げて、ジョン・ソーントンが棍棒をふるっている男に飛びかかった。倒れてきた木に打たれたかのように、ハルはうしろに吹っ飛んだ。マセイディーズが悲鳴を上げた。チャールズはおろおろ見守り、潤んだ目を拭ったが、体がこわばっているせいで起き上がりはしなかった。

ジョン・ソーントンはバックを見下ろして立ち、懸命に自分を抑えようと努め、怒りに体が痙攣して喋ることもできなかった。

「この犬もう一度殴ってみろ、お前を殺す」と、やっとのことで押し殺した声を絞り出した。

「俺の犬だ、どうしようと俺の勝手だ」とハルは答え、口の血を拭いながら戻ってきた。「邪魔するな、ただじゃ済まないぞ。俺はドースンに行くんだ」

ハルとバックのあいだにソーントンは立ちはだかり、そこから動く意思を示さなかった。ハルが長いハンティングナイフを出した。マセイディーズが悲鳴を上げ、泣き、笑い、ヒステリー特有の無茶苦茶な奔放さをあらわにした。ソーントンが斧の柄でハルの手の甲をはたき、ナイフを叩き落とした。ハルはそれを拾い上げようとしたが、ソーントンにもう一度手を叩かれた。ソーントンは身を屈め、自分でナイフを拾い、二度それをふるってバックの引き綱を切った。

ハルにはもう戦意が残っていなかった。それに、姉の世話で手が、というより腕がふさがっていたし、どのみちバックはもう虫の息でこれ以上橇を引く役に立ちはしない。数分後、三人は土手を去り、川を下っていった。彼らが立ち去るのが聞こえ、バックは見ようとして顔を上げた。パイクが先頭に立ち、ソル＝レクスが橇に繋がれて、そのあいだにジョーとティークが入っていた。彼らは足を引きずり、よろよろと進んでいた。荷を積んだ橇にマセイディーズが乗っていた。ハルが梶棒を操り、チャールズがうしろからよたよたついて行っていた。

眺めているバックのかたわらにソーントンがしゃがんでひざまずき、ごつい優しげな手で、骨が折れていないかを探った。打ち傷がたくさんあることと、ひどく飢えていること以外は何も問題ないとわかったころには、橇はすでに四分の一マイル離れていた。それが氷の上を這うように進むのを犬と男は見守った。突然、橇のうしろ側が、溝に落ちたかのようにがくんと下がるのが見え、梶棒が、しがみついているハルもろとも空中に放り投げられた。マセイディーズの悲鳴が彼らの耳まで届いた。チャールズが回れ右して逃げようと一歩進むのが見え、それから、大きな氷が丸ごと沈んで犬たちも人間たちも消えていった。ぱっくり開いた穴以外、もう何も見えなかった。橇道は底が抜けてしまっていた。

ジョン・ソーントンとバックの目が合った。

「よしよし」とジョン・ソーントンは言い、バックは彼の手を舐めた。

Ⅵ　一人の人間を愛して

前年の十二月にジョン・ソーントンの両足が凍傷にかかると、仲間たちは彼がゆっくり療養できるよう手はずを整えてくれて、自分たちは丸太をドースンで売るために筏を作ろうと、一足先に川をのぼって行った（ドースンでは丸太の需要が多く、山で木を伐って筏にしてドースンに行きその丸太を売る者も多かった）。バックを救ったときもソーントンはまだ少し足を引きずっていたが、暖かい気候が続いたおかげでわずかな引きずりもやがてなくなった。そしてバックも、春の日がな一日川辺に横たわり、水の流れを眺め、鳥の歌と自然の呟きにのんびり耳を傾けながら、少しずつ元気を取り戻していった。

三千マイル旅したあとの休息は有難いものである。傷が癒え、筋肉が膨らみ、肉が戻ってきて骨を覆うなか、バックに怠け癖がついたことは認めねばならない。それを言えば、みんなが――バック、ジョン・ソーントン、そしてスキートとニグ――彼らをドースンへ運んでくれる筏が来るのをゆったり待っていた。スキートは小柄なアイリッシュセッターで、いち早くバックと仲よくなった。瀕死の有様だったバックは、彼女が言い寄ってきても、それに腹を立てる元気すらなかったのである。時おりそういう犬がいるものだが、スキートには医者の資質があった。母猫が子猫を舐めて洗うように、彼女もバックの傷を舐めて綺麗にしてくれた。毎朝かならず、バックの朝食が済むと自ら買って出た仕事に取りかかり、やがてはバックも、ソーントンの手当て同様スキートの手当てを心待ちにするようになった。ニグはスキートほど感情は出さなかったが、同じように友好的だった。巨大な黒犬で、ブラッドハウンドとディアハウンドの血が半分ずつ入っていて、目はいつも笑っていて、性格も底抜けによかった。

バックが驚いたことに、二匹は彼に対して、嫉妬の念をまったく示さなかった。ジョン・ソーントンの優しさ、鷹揚さを彼らも共有しているみたいだった。バックが元気になってくると、二匹はあらゆる馬鹿げた遊びに彼を誘った。ソーントンまでそうした遊びに加わらずにいられなかった。こうしてバックはふざけ戯れながら快復期を過ごし、新しい生活に入っていった。愛を、本物の熱い愛を、バックは生まれて初めて感じた。それは陽ざしあふれるサンタクララ・ヴァレーのミラー判事邸では経験したことのない何かだった。判事の息子たちと狩りや山歩きをするのは、いわば仕事上の共同作業だった。判事の孫たちの相手は一種勿体(もったい)ぶった保護者業だったし、判事本人との交流は毅然として厳(おごそ)かな友人関係だった。燃えるように熱烈な愛、崇敬に等しく狂気と同義の愛は、ジョン・ソーントンによって初めて目覚めさせられたのだった。

この男はバックの命を救ってくれた。それだけでも大きいが、その上に彼は理想的な主人だった。ほかの男たちは、一種の義務感から、商売上の便宜として犬の世話をする。ソーントンが犬たちを自分の子供のように世話するのは、そうせずにはいられないからだった。単に世話するだけではない。優しく呼びかけ、励ます言葉を決して忘れず、犬たちと一緒に座ってゆっくりお喋り（「四方山話」と本人は呼んだ）をするのは犬にとっても彼にとっても大きな楽しみだった。バックの頭を荒っぽく両手で抱えては、自分の頭を上に載せ、バックの体を前後に揺すりながら彼を罵る言葉をソーントンはあれこれ口にしたが、バックの耳にはそれが愛の言葉として届いた。バックにとって、その荒っぽい抱擁と呪詛の囁きほど大きな喜びはほかになかったし、前後に揺すられるたびに心臓が体から飛び出してしまいそうなくらいの恍惚を味わった。やがて抱擁を解かれてパッと立ち上がると、バックの口は笑っていて、目も雄弁で、発せずにとどめた音に喉は震えている。そんな姿でじっとしている彼を見て、ジョン・ソーントンは惚れぼれと、「お前、もうちょっとで喋れるじゃないか！」と叫ぶのだった。

バックには相手をほとんど痛めつけるような独自の愛情表現があった。ソーントンの手を口にくわえては、ぎゅっと、その後しばらく歯型が残るくらいきつく閉じるのである。バックが罵りを愛の言葉と理解したのと同じように、ソーントンもこの偽の嚙みつきを愛撫として理解した。

だがたいていの場合、バックの愛情は崇拝という形で表明された。ソーントンに触られたり声をかけられたりすれば狂喜したものの、そういう意思表示を自分から求めはしなかった。スキートはよくソーントンの手の下に鼻を突っ込み撫でてもらえるまでぐいぐい押したし、ニグはこっそり寄っていって大きな頭をソーントンの膝に載せたが、バックは距離を置いて崇めるだけで満足だった。ソーントンの足下に長いあいだ横たわり、一瞬も気を抜かずに彼の顔を見上げて、じっくり眺め、吟味し、刻々変わる表情、目鼻の細かな動きや変化一つひとつを興味津々たどった。また時にはもう少し離れて、ソーントンの横やうしろにうずくまり、彼の輪郭を、その体の時おりの動きを見守った。両者の気持ちは心底通じあっていたから、バックのまなざしの力がジョン・ソーントンを振り返らせることもしばしばで、そんなときはソーントンも何も言わずにまなざしを返し、バックの想い同様、彼の想いも目から輝き出ているのだった。

救出してもらったあと長いこと、バックはソーントンが視界から消えるのを嫌った。ソーントンがテントを出てからまたテントに入るまで、ぴったりうしろについて回った。北の地にやって来て以来、現われてはまた消えた主人たちは、いかなる主人も永続しないという不安をバックの胸に植えつけていた。ペロー、フランソワ、スコットランドの混血男同様、ソーントンも目の前から消えてしまうのではとバックは恐れた。夜に見る夢の中でまでこの不安につきまとわれていた。そんなときは、眠気を振り払い、寒い中をテントの入口まで這っていって、そこに立って主人の寝息に耳を澄ました。

ジョン・ソーントンを熱烈に愛したということは、バックを文明に引き戻す力が働いている表われとも思えたが、北の地によって目覚めさせられた原初の力も、いまだ彼の中で活発に息づいていた。忠誠と献身、という火と屋根から生まれる資質を有していても、野性と狡猾さも失ってはいなかった。彼は野生の生き物だった。野生からやって来てジョン・ソーントンの焚火の前に座った生き物であって、何世代にもわたる文明の跡を刻み込まれた軟弱な南の犬ではなかった。その深い愛ゆえに、この人間から盗みはしないが、ほかの野営地のほかの人間相手であればためらいはしなかった。盗む手際も絶妙だったから、絶対に捕まらなかった。

顔にも胴にも、バックには多くの犬の歯型が刻まれていた。いままで同様に烈しく、いままで以上に抜け目なく彼は戦った。スキートとニグは性格もいいし、そもそもジョン・ソーントンの犬なので喧嘩になりようもなかったが、見知らぬ犬たちは、種や強さを問わず、即刻バックの優位を認めるか、恐ろしい敵を相手に死闘をくり広げる破目になるかのどちらかだった。そしてバックは容赦なかった。棍棒と牙の掟はしっかり身につけていたから、好機は絶対逃さなかったし、すでに死へ向かわせはじめた敵から引き下がったりもしなかった。スピッツから学び、ボス格の警察犬や郵便犬たちとも戦って学んでいて、中途半端な道はありえないことを知っていた。征服するか、されるか。情けを示すことは弱味でしかない。原初の暮らしに情けは存在しない。そんなものは怖がっているしるしと誤解され、その誤解は、死に繋がる。殺すか殺されるか、喰うか喰われるか、それが掟だった。そしてこの、太古の時から伝わってきた指令にバックは従った。

生きてきた日々、吸ってきた息の数よりもバックは老成していた。過去と現在が彼の中で繋がり、背後にある永遠が彼を通って脈動し、そのリズムに合わせて、潮や季節が寄せては返すごとくに彼も揺れ動いた。ジョン・ソーントンの焚火のかたわらに、胸幅の広い、牙は白く毛は長い犬としてバックは座っている。だが彼の背後には、あらゆるたぐいの犬、半狼（はんろう）、野生の狼の影が控えていた。彼らはひたむきに、バックを促すかのように、彼が食べる肉を味わい、彼が飲む水に焦がれ、彼とともに風の匂いを嗅ぎ、彼とともに耳を澄まして森の中の野生の生き物たちが立てる音を彼に伝え、彼の気分を左右し、彼の行動を指図し、彼が横たわれば一緒に横たわり、彼とともに夢見て彼の彼方（かなた）へと赴き、自ら彼の夢の素材となった。

　これらの影たちに否応なく招き寄せられて、日一日、人類とのしがらみはバックの許から離れていった。森の奥深くで呼び声が響いて、不思議な戦慄と誘惑をもたらすその声が聞こえてくるたび、焚火に背を向け周りの踏みならされた道に背を向けて森へ飛び込んでいきたい思いに駆られた。ずんずんと、どこへ行くのかなぜ行くのかもわからぬまま進んでいきたいとバックは欲し、どこへ行くのかなぜ行くのか考えたりもせぬまま、森の奥深くで呼び声が有無を言わせず響くのを聞いた。けれども、軟らかい、人に踏まれたことのない土と緑の日蔭とに達するたび、ジョン・ソーントンへの愛が、ふたたび彼を焚火へ引き戻すのだった。

　ソーントンだけが彼を引きとどめていた。人類の残りは無に等しかった。通りすがった旅人に褒められようが撫でられようが、バックは冷めきったままだし、べたべた感情過多に接してくる人間からは起き上がって立ち去った。ソーントンの仲間のハンスとピートが待ちに待った筏に乗って到着しても、ソーントンと親しいとわかるまで彼らの存在を認めようとしなかった。わかってからは、受け身ながらも彼らを許容し、彼らが何か好意を示してくると、自分の方が彼らに好意を示してやっているような態度で受け容れた。二人ともソーントンと同じく鷹揚で、大地に根ざして生き、素朴に考え、明晰に物を見る人間だった。ドースンの製材所のかたわらの、水が大きな渦を巻いている地点に筏で乗りつけたころにはもう、彼らもバックのやり方を理解していて、スキートとニグ相手のような親密さを無理に求めはしなかった。

けれどソーントンに対しては、バックの愛情は日ましに募る一方に思えた。夏の旅のあいだ、男たちの中でソーントン一人がバックの背中に荷物を載せることができた。ソーントンに命じられれば、どんな仕事でも無理ということはなかった。ある日（彼らは筏の売上げで食糧や道具も揃え、ドースンを発ってタナノー川に向かっていた）、人間たちと犬たちの一行は、切り立った崖のてっぺんに座っていた。まっすぐ三百フィート下には、むき出しの岩床が広がっている。ジョン・ソーントンは崖っぷち近くに座り、バックはその肩のあたりにいた。と、軽はずみな気まぐれがソーントンを襲い、おい、ちょっと思いついたぞと彼はハンスとピートに言った。「跳べ、バック！」とソーントンは命じ、深い溝の向こうへ片腕をさっと大きく回した。次の瞬間、彼はまさに崖っぷちでバックを必死で押さえ、ハンスとピートが両者を安全な場所まで引き戻そうともがいていた。

「気味悪いなあ」とピートが、一件落着してまた喋れるようになってから言った。

ソーントンは首を横に振った。「いいや、素晴らしいことさ。まあ恐ろしくもあるがな。ときどき、本気で怖くなる」

「こいつがそばにいるときに、あんたに手を出す奴になりたかないね」とピートが、バックの方をあごで指しながら締めくくった。

「まったくだ！」とハンスも言い添えた。「俺もお断りだよ」

年が終わる前、サークルシティで、ピートの懸念が現実になった。「ブラック」・バートンなる、性悪(しょうわる)なやくざ者が酒場で新参者に喧嘩を売ろうとしているところへ、ジョン・ソーントンがにこやかに割って入った。バックはいつものとおり店の片隅でうずくまり、前足に頭を載せ、主人の一挙一動を見守っていた。と、バートンがいきなり肩口からパンチをくり出した。ソーントンはくるくる回ってうしろに吹っ飛び、カウンターにしがみついてどうにか倒れずに済んだ。

見物していた人々は、吠え声でも鳴き声でもない、咆哮と呼ぶにふさわしい声を聞き、バックの体が床を離れバートンの喉めがけて宙に舞うのを見た。バートンはとっさに片腕を投げ出して自分の命を救ったが、うしろ向きに床に叩きつけられ、バックにのしかかられた。腕に食い込ませていた歯をバックは緩め、喉めがけてもう一度攻め込んだ。今回、バートンは完全にはブロックできず、喉を引き裂かれた。人々がバックに群がり、彼を追い払った。ところが、医者が出血具合を調べている最中も、グルルと激しくうなりながらそばをうろつき、隙あらばふたたび襲いかかろうとして、敵意ある棍棒を何本も浴びて仕方なく撤退する有様だった。「探鉱師会議」がその場で招集され、犬には攻撃するだけの理由があったという判断が下されてバックは無罪放免となった。だがこれで彼の評判は確立された。その日以来、アラスカ中すべての野営地にバックの名は広まった。

同じ年の秋に、バックはまったく違う形でジョン・ソーントンの命を救った。仲間三人が、フォーティマイル川のとりわけ厄介な急流を、細長い棹舟(さおぶね)で下っていたときのことである。ハンスとピートが土手を歩き、細いマニラ綱を木から木へと渡して舟の動きを制御する一方、ソーントンは舟の上にとどまって棹を操り、川を下りながら岸に向かって指図の言葉を叫んでいた。土手にいるバックは心配でたまらず、舟と平行に走り、目は決して主人から離さなかった。

やがて、水になかば埋(うも)れた岩棚が突き出た、とりわけ険呑な場所が現われた。ハンスは綱を木から外し、ソーントンが棹を操って舟を流れの方に押し出すなか、岩棚を越えたらすぐ舟を止めようと綱の端を持って土手沿いを走っていった。舟は岩棚をしかるべく越え、水車用流水のごとき急流を見るみる下っていった。速さを抑えようとハンスは綱を引いたが、その引きが突然すぎた。舟は転覆し、底を上にして土手に叩きつけられ、ソーントンは舟から投げ出されて、急流の最悪の難所へ流されていった。そこはいくら泳げる者でも助かりようのない激流だった。

バックはその瞬間に飛び上がった。三百ヤード走って、狂おしく渦巻く水の中でソーントンに追いついた。ソーントンが自分の尻尾に摑まったのを感じると、土手めざしてすさまじい力で泳いでいった。だが岸への進みは緩慢であり、川の流れはおそろしく速かった。下流から怒濤のような轟きが聞こえた。先の方で流れはますます激しくなっていて、巨大な櫛の歯のように次々突き刺さってくる岩が流れをずたずたに引き裂き、すさまじい水しぶきが上がっていた。最後の急勾配に入っていくと、水の吸い込みはすさまじく、岸にたどり着くのは無理だとソーントンは判断した。一つ目の岩で体を激しく擦り、二つ目にもろに打たれ、三つ目に激突した。その三つ目の、つるつる滑る岩のてっぺんにソーントンは両手でしがみつき、バックを放して、逆巻く水の轟きに抗して「行け、バック！　行け！」と叫んだ。

バックはもはやその場にとどまれず、下流に流され、必死に抗ったものの戻ることはできなかった。ソーントンが命令をくり返すのを聞くと、水からなかば体を持ち上げ、最後に一目見ようとするかのように頭を高く掲げ、それから、言われたとおり土手に向かっていった。力強く泳いでいき、もはや泳ぐのも不可能となり死へ向かうほかない段階に達したところでピートとハンスが引き揚げてくれた。

これほどの激流の只中でつるつる滑る岩に人間がしがみついていられるのはものの数分だとわかっていたから、彼らは全速力で土手をのぼり、ソーントンがあがいているところよりずっと上流まで駆け戻っていった。そして舟を制御するのに使っていた綱を、バックの首と肩に、息が詰まったり泳ぎが妨げられたりしないよう気をつけて縛りつけ、川の中に送り出した。バックは勇ましく出ていったが、泳ぐ方向を誤り、まっすぐ流れに乗っていけなかった。気づいたときにはすでに遅く、いまやソーントンは彼と並んで、ほんの何掻きか泳げば届く位置にいるにもかかわらず、バックはあえなく流されていった。

バックが舟であるかのように、ハンスがすぐさま綱を引いた。激流の中で綱がきつくなったことで、バックは一気に水面下に引き込まれ、水中を引きずられたまま土手にぶつかって引き揚げられた。溺死寸前のその体にハンスとピートが飛んでいって、息を叩き込み、水を叩き出した。バックはよろよろと立ち上がり、ばったり倒れた。ソーントンの声のかすかな響きが彼らの耳に届き、何を言っているかは聞きとれなくても彼がもはや限界に達しつつあることは伝わってきた。主人の声は電気ショックのようにバックに作用した。パッと起き上がって、男たちより先に土手を、さっき水に入った地点まで駆け上がった。

ふたたび綱を付けられてバックは送り出され、ふたたび泳いでいったが、今回はまっすぐ流れに乗っていった。一度は計算を誤ったが、同じ過ちを二度犯しはしない。ハンスがたるみの出ないよう慎重に綱をくり出し、結び目が出来ぬようピートが手を添えた。ソーントンのまっすぐ上流に出るまでバックは泳ぎつづけ、それから身を翻し、急行列車の速さでソーントンの方に進んでいった。バックが来るのをソーントンは目にし、水流の勢いも加わって大槌のごとくにバックがぶつかって来ると、両手を突き出し、その毛むくじゃらの首に両腕を巻きつけた。ハンスが木に綱をくくりつけ、バックとソーントンは水面下に引っぱられた。首を絞められかけ、窒息しかけ、時には一方が上になり時にはもう一方が上になりつつ、彼らはぎざぎざの川底を引きずられ、岩や倒木に激突しながら、斜めに土手にたどり着いた。

ハンスとピートが流木の上にソーントンの体を、腹を下にして流木と十字を成すように置き、ぐいぐい前後にゆすった。ソーントンは意識を取り戻し、目はまずバックを探した。ぐったりして死んだように見えるバックの体の上にニグがかがみ込んで吠え、スキートが濡れた顔と閉じた目を舐めていた。ソーントン自身も満身創痍だったが、やがて意識を取り戻したバックの体を彼はていねいに調べ、あばら骨が三本折れていることを発見した。

「これで決まりだ」とソーントンは言い放った。「ここで野営するんだ」。こうして、バックのあばら骨が癒えて旅ができるようになるまで彼らは野営を続けた。

その冬ドースンで、バックはもうひとつ手柄を立てた。今回はそれほど英雄的なものではなかったが、彼の名前をアラスカにおける名声のトーテムポールの数段上に持ち上げることにはなった。三人の男にとってとりわけ有難かったことに、この手柄のおかげで必要な装具が手に入り、前々から行きたかった、まだ探鉱者が群がっていない未踏の東部へ行けることになった。きっかけはエルドラド酒場での、自分の犬をめぐって男たちが交わしていた自慢話だった。名の知れたバックはこの男たちの批判の対象となり、ソーントンは断固彼を弁護することを余儀なくされた。三十分が過ぎたころには、俺の犬は五百ポンド積んだ止まっている橇を動かして歩けるとある男が言い、二人目が俺のは六百ポンドだ、三人目が七百ポンドだと豪語していた。

「ふん、何だそれくらい！」とジョン・ソーントンは言った。「バックなら千ポンド動かせるさ」

「滑り板も雪から出せるのか？ 百ヤード引いて歩けるか？」と、自分の犬は七百ポンド引けると自慢した、ボナンザ金鉱で一山当てたマシューソンが問いつめた。

「滑り板も雪から出して、百ヤード引いて歩ける」とジョン・ソーントンは言ってのけた。

「ようし」とマシューソンは、みんなに聞こえるようゆっくりていねいに言った。「できない方に千ドル賭けよう。そら」。そう言って、砂金の入った、ボローニャソーセージ大の袋をカウンターに放り投げた。

誰も喋らなかった。ソーントンのはったりを（それがはったりだったとして）マシューソンが受けて立ったのだ。顔に熱い血がのぼって来るのをソーントンは感じた。まさに舌は禍いの元。千ポンドの荷をバックが動かせるかどうか、ソーントンにはわからなかった。二分の一トン！ そのとてつもなさに彼は愕然とした。バックの力には絶大な信頼を寄せていたし、そのくらいの荷は動かせるはずだと思ったことも何度かある。けれども、こんなふうに、物言わず見守る十人あまりの視線を浴びながらその可能性を見据える破目になったのは初めてだった。だいいち、千ドルなんて自分にはない。ハンスもピートも同じだった。

「ちょうど表に、小麦の五十ポンド袋を二十積んだ俺の橇がある」とマシューソンは野蛮な率直さでなおも言った。「そのことなら気にしなくていい」

ソーントンは答えなかった。何と言ったらいいかわからなかった。周りの男たちの顔をぼんやりと、考える力を失ってどこかにその力を取り戻すきっかけがあるのではと探す者の目で見回した。と、昔なじみの、マストドン金鉱で当てたジム・オブライエンの顔が目に入った。それが合図のように思えた。まさかそんなことをするなんて夢にも思っていなかったことをするよう、仕向けられている気がした。

「千ドル貸してくれないか」と、ほとんど囁くような声でソーントンは訊ねた。

「いいとも」とオブライエンは答え、膨らんだ袋をどすんと、マシューソンの袋に並べて置いた。「でもまあジョン、あの犬にそんなことできる気はせんがな」

エルドラドの客たちがごっそり、表へ見物に出た。テーブルには誰もいなくなり、ディーラーも胴元も勝負を見に、そして賭け率を定めに出てきた。毛皮にくるまり手袋をはめた数百人の男が橇の周りに群がった。千ポンドの小麦を載せたマシューソンの橇は、二時間ばかり前からそこに置いてあって、滑り板は極寒（零下六十度）ゆえに硬く締まった雪の中に凍りついていた。博奕(ばくち)打ちたちが、バックが橇を動かせないという方に二倍の賭け率を持ちかけた。「雪から出す(ブレーク・アウト)」という言い方に関し小うるさい論争が生じた。滑り板を叩いて、凍りついた雪を剝がす権利がソーントンにはあるとオブライエンは主張した。バックの仕事はあくまで、動いていない橇を「雪から出す」ことだというわけである。これに対しマシューソンは、がっちり凍りついた雪を剝がすのも「雪から出す」うちだと主張した。賭けが張られる過程を目撃していた男たちの大半はマシューソンを支持し、その結果賭け率は三倍に上がった。受ける者はいなかった。誰もバックにそんな離れ業ができるとは思わなかったのである。ソーントンにしたところで、大きな迷いを抱えたまま、成行きで賭けに巻き込まれたのであり、こうしていま橇の現物を目のあたりにし、いつもそれを引いている十四の一団がその前の雪に丸まっているのを見て、課された仕事はいっそう不可能に思えてきた。マシューソンはすっかり上機嫌になった。

「三倍！」と彼は言い放った。「その率で、あと千ドル出す。どうだ、ソーントン？」

ソーントンの懸念は顔にはっきり表われていたが、いまや闘争心も目覚めていた。勝敗の見込みなど無視し、不可能ということを認めず、戦いへと駆り立てる叫び以外のいっさいに耳を貸さぬ闘争心。彼はハンスとピートを呼び寄せた。彼らの袋の中身は乏しく、三人合わせても二百ドル集めるのがやっとだった。蓄えはじわじわ減っていて、これが三人の資本全部だったが、彼らは迷わずそれを、マシューソンの六百に対抗して賭けた。

十四の橇犬の綱が外され、自身の牽具（ひきぐ）を付けたバックが橇に繋がれた。その場の興奮が彼にも伝染していて、自分が何か大きなことをジョン・ソーントンのために成し遂げねばならないとバックは感じていた。その見事な姿に、賞讃の呟きがあちこちから上がった。体調も完璧で、余計な肉は一オンスもなく、体重の一五〇ポンドすべてが気迫と活力の一五〇ポンドだった。毛皮は絹のような光沢で輝いた。首から肩にかけてのたてがみは、静止していてもなかば逆立ち、動くたびに、あり余る精力がその一本一本に命を吹き込んでいるかのようにふわっと持ち上がった。厚い胸と太い前脚も、体全体と釣合いのとれた大きさだったし、体じゅう筋肉の引き締まったうねりが皮膚を通して見えた。男たちがその筋肉に触って、鉄なみの硬さだと評すると、賭け率は二倍に下がった。

「お見事！　お見事！」と、スクーカムベンチーズ金鉱で当てた、ごく最近の成金があたふたと言った。「賭けをやる前に、この犬に八百ドル出しましょう。いまこのままで、八百ドルで買いますぞ」

ソーントンは首を横に振って、バックのかたわらに歩み寄った。

「離れて立たなきゃ駄目だ」とマシューソンが文句をつけた。「自由に動けるように、たっぷり場所を空けるんだ」

人々は黙り込んだ。二倍でどうだ、と空しく持ちかける博奕打ちたちの声が聞こえるだけだった。バックが素晴らしい動物であることは誰もが認めたが、五十ポンドの小麦二十袋は彼らの目にあまりに大きく映り、財布の紐を緩める刺激にはならなかったのである。

ソーントンはバックのかたわらにひざまずいた。両手でバックの頭を抱え、頬を頬にすり寄せた。いつものようにふざけて揺すったり、優しい愛の罵倒を呟いたりはせず、耳元で、「頼むぞ、バック。頼むぞ」と囁いた。バックもやる気満々の思いを抑えて、軽く鳴き返した。

群衆は興味津々見守っていた。事態はほとんど神秘の次元に入っていた。霊でも呼び出しているみたいだった。ソーントンが立ち上がると、手袋をはめたその片手をバックは両あごでくわえ、ぎゅっと歯を食い込ませてから、ゆっくり、ほとんどしぶしぶ放した。それは言葉ではなくとも愛の返答だった。ソーントンは十分うしろに下がった。

「さあ、バック」と彼は言った。

バックはいったん引き綱をぴんと引いてから、数インチばかり緩めた。これがバックの身につけたやり方だった。

「右へ(ジー)!」とソーントンの声が、張りつめた静寂の中に響きわたった。

バックはぐいっと右に動き、その動きの締めくくりに思いきり前に身を乗り出した。緩んでいた綱がぴんと張り、突如一五〇ポンドの体がぴたっと止まった。荷が小刻みに震え、滑り板の下からパリパリと音が立った。

「左へ(ホー)!」とソーントンが命じた。

いまの動きを反復して、バックは今度は左へ動いた。パリパリという響きが、パチン、とよりはっきりした音に変わり、橇が揺れ、滑り板が数インチ横へずるずる動いていった。滑り板はいまや雪から出ていた。見守る男たちは息を殺し、自分がそうしていることに気づいてもいなかった。

「よし、**進め(マッシュ)!**」

ソーントンの命令がピストルの銃声のように響きわたった。バックは前方に身を投げ出し、引き綱がギイッと引かれて伸びた。途方もない力が揮われ、バックの体全体が密に締まって、絹のような毛皮の下で筋肉は生き物のようにのたうち、こぶを作った。広い胸は地面近くまで下がり、頭は前向きに垂れ、一方足は狂おしく舞って、硬く締まった雪に爪が平行線を刻み込んだ。橇は左右に揺れ、震え、なかば前に動きかけた。と、バックの片足がずるっと滑って、一人の男がうめき声を上げた。それから、橇が前に動いた。がくん、がくんと細かい揺れの連鎖のような動きだったが、決して完全に止まりはせず……半インチ……一インチ……二インチ……揺れは目に見えて収まっていき、橇は勢いを獲得していって、バックはそれを捉え、橇は着実に前進していった。

男たちは息を呑み、それからまた、自分がしばし息を止めていたことにも気づかずにふたたび呼吸を始めた。ソーントンはうしろを走って、短い、明るい言葉でバックを励ました。距離はすでに測ってあり、百ヤードの到達点を示す薪の山にバックが近づいていくにつれて歓声はどんどん大きくなって、薪を通り過ぎ命令を受けて止まると声は一気に咆哮に高まった。誰もが、マシューソンまでもが感極まっていた。帽子や手袋が宙に舞った。男たちは誰彼構わず握手を交わし、訳のわからない言葉を口々に発していた。

だがソーントンはバックのかたわらに膝をついた。頭と頭をくっつけて、バックを前後に揺すった。駆けよっていった者たちは、彼がバックを罵倒しているのを聞いた。長いあいだ、熱烈に、優しく愛情を込めてソーントンは罵りつづけた。

「お見事！　お見事！」とスクーカムベンチーズ成金が口から泡を吹いて言った。「千ドル出しますよ、千ドル——千二百ドル出します」

ソーントンは立ち上がった。目が潤んでいた。涙が頬をたらたら流れ落ちていた。「お断りだ」と彼はスクーカムベンチーズ成金に言った。「あんたなぞ地獄に落としてやる。それ以上はしてやれん」

バックはソーントンの片手を歯で捕えた。ソーントンはバックを前後に揺すった。共通の衝動につき動かされたかのように、見物人たちは恭しくうしろに下がった。その後も誰一人、彼らの邪魔に入るような無遠慮は犯さなかった。

Ⅶ　呼び声の響き

バックが五分間で一六〇〇ドル稼いでくれたおかげで、ジョン・ソーントンは借金もひとまず返せたし、失われた伝説の東部の金鉱めざして仲間たちと旅立てることになった。それはこの地方と同じくらい歴史の古い金鉱だった。探した人間は数多く、見つけた者はわずかだった。探求からついに帰らなかった者も少なくない。失われた金鉱は悲劇に浸され、神秘に包まれていた。最初に到達した人間のことは誰も知らなかった。一番古い言い伝えでも、その人物までさかのぼる前に途切れていた。そもそものはじめから、そこにはひどく古い、崩れかけた山小屋があった。瀕死の男たちがその小屋と、小屋を目印とする金鉱の存在を主張した。その証拠として、北の地で知られたどの品質の金とも違った金塊を彼らは差し出した。

だが誰一人この宝の館を略奪してはいなかったし、死者は死んでいた。かくしてジョン・ソーントンとピートとハンスは、バックをはじめ七匹の犬を従えて、知る者もない道を通って東の地へ、彼らと同じくらい有能な人や犬が挫折した企てを成功させんと旅立った。ユーコン川を橇で七十マイル上がってから、左に大きく曲がってスチュアート川に入り、メイオー川とマクエスチョン川を過ぎて、スチュアートが小さなせせらぎとなるまで進んでいって、大陸の背骨を成している、並んでそびえ立つ頂のあいだを縫っていった。

ジョン・ソーントンは人間にも自然にも多くを求めなかった。彼は野生を恐れなかった。一握りの塩と、ライフルを手に荒野へ入っていって、どこででも、好きなだけ生きていくことができた。急がず、食事もインディアン流に、一日移動するあいだに狩りをして手に入れる。何も見つからなければ、インディアンのように、いつかは何かに行きつくと信じて先へ進んだ。今回の大いなる東行きの旅でも、手に入る肉がそのまま献立であり、橇の荷物は銃弾と道具が中心で、予定表は無限の未来の上に書かれていた。

バックにはすべてがはてしない喜びだった。狩りをして、魚を捕って、見知らぬ場所をいつまでもさまよう。何週間も続けて毎日着々進みもすれば、何週間も続けてあちこち野営して、犬たちはのらくら遊んで過ごし、男たちが火を燃やして凍った土や砂利に穴を作り、選鉱鍋でくり返し砂礫(されき)を洗って金を探した。腹を空かす時もあれば、途方もないご馳走を貪る時もあった。すべては獲物次第、狩りの運次第だった。夏が来て、犬も人間も荷物を背負い、山の中の青い湖を筏で渡り、周りの森の木を伐って作った小舟で未知の川を上(のぼ)り下(お)りした。

何か月かが過ぎていき、地図もない、誰もいない、だが失われた山小屋が本当にあるならかつては誰かいたはずの広大な土地を彼らはさまよった。夏の吹雪の中で分水嶺を越え、樹木限界線と万年雪とにはさまれた禿山を照らす真夜中の太陽の下でぶるぶる震え、ぶんぶん飛びかうブョやハエに囲まれて夏の谷間に降りていき、南の地でもここまで熟れて美しいものはそうざらにないと思えるイチゴや花を氷河の蔭で摘んだ。秋になると、奇妙な湖水地帯に彼らは入っていった。夏には猟鳥がいたのに、もう生命も生命の徴候もない場所がひっそり侘しく広がって、いまはただ冷たい風が吹き、あちこちの隅で氷が張って、寂しい岸辺で波が物憂げに打ち寄せるだけだった。

こうしてもうひと冬、かつてこの地を旅した男たちが切り拓いた、いまやほぼ跡形もない道を彼らはさまよった。一度、森を貫いて拓かれた山道に行きあたった。ひどく古い道で、失われた山小屋ももうすぐなのではと思えた。だが道はどこからともなく始まりどこでともなく終わってしまい、結局謎のままにとどまって、それを作った人間も謎なら、作った理由もやはり謎だった。一度など、時の年輪が刻まれた狩猟小屋の残骸に彼らは行きあたり、朽ちはてたずたずたの毛布の中に銃身の長い火打ち石銃をジョン・ソーントンが見つけた。ソーントンにはそれが、北西部がいまだ若かった時代に使われたハドソン湾会社（十八世紀にこの地域で独占的に営業）製の銃だとわかった。当時こうした銃は、平らに畳んだビーバーの皮を銃身の長さ分積み上げたのと同じ値打ちがあったのだ。だが、それだけだった。かつてその小屋を建て、毛布の中に銃を残していった人間に関する手がかりは何もなかった。

ふたたび春が来て、彷徨の果てに彼らは、失われた山小屋ではなく、広い谷間でひとつの浅い砂鉱床（さこうしょう）に行きあたった。選鉱鍋の底に、黄色いバターのように金がどんどん現われた。彼らはもうそれ以上探さなかった。一日仕事をするたび、純粋な砂金、金塊が何千ドル分も手に入り、そして彼らは毎日仕事をした。金はヘラジカの革袋に五十ポンドずつ詰められ、トウヒの大枝で作った山小屋の外に薪か何かのように積み重ねられた。巨人のごとく彼らは仕事に励み、宝を積み上げ、日々は夢のように過ぎていった。

ソーントンが仕留めた肉を時おり運び込む以外、犬たちは何もすることがなく、バックは長い時間、焚火のそばで物思いにふけった。すべき仕事もほとんどないいま、足の短い、毛深い男の幻影はますます頻繁に訪れるようになっていた。そしてバックはしばしば、焚火の前で目を細めながら、その男と一緒に、記憶の中にあるもうひとつの世界をさまよった。

このもうひとつの世界で、一番顕著なのは恐怖心であるように思えた。毛深い男が焚火の前で、頭を膝のあいだに埋め（うず）、両手を上に組んで眠っているのを見ていると、男の眠りが落着かぬものであることがバックにはわかった。しじゅうハッと目を覚ましては、不安げに闇の中を覗き込み、火にまた薪をくべる。海辺をバックと一緒に歩いて、貝を拾うはしから食べているときも、危険がひそんでいないか目を四方八方に向け、何かが現われたら風のごとく逃げられるよう脚はつねに態勢が整っていた。バックが毛深い男のうしろにくっついて、彼らは森の中を音もなく進んでいった。人も犬も抜かりなく目を光らせ、耳をぴくぴく動かし鼻の穴を震わせた。男の聴覚、嗅覚もバックと同じくらい鋭かった。木に飛び乗っても、男は地面を走るのと同じ速さで動いた。両腕で枝からぶら下がって体を振り、時には十フィート以上離れた枝へ悠々飛び移って、決して落ちず、決して摑みそこねなかった。実際、木の上も地面と同じくらい自由に動けるようだった。夜に、木の上で毛深い男が枝にしがみついて眠っている下、自分が寝ずの番をしたこともバックは覚えていた。

毛深い男の幻影によく似たものとして、森の奥でいまだ響く呼び声があった。それはひどく落着かない気持ちと、不思議な欲望とをバックの胸に呼び起こした。漠然とした、甘美な悦びをそれは彼に感じさせ、何に対してなのかもよくわからない渇望と衝動を意識させた。時おり、呼び声を追って森の中へ入っていき、それを探してみた——あたかもその声が触れるもの、気分次第で優しく吠えたり挑むように吠えたりするものであるかのように。涼しい木の苔や、高い草の生えた黒い土の中にバックは鼻を突っ込み、豊かな土の香りに歓喜して鼻を鳴らした。あるいはキノコに覆われた倒木の幹の蔭に、何時間も隠れるようにしゃがみ込み、周りで動くもの、音を立てるものに対して目を開き耳を開いていた。そうやって横たわることで、理解できない呼び声に不意討ちを喰わそうとバックは目論んだのかもしれない。けれど、なぜこうしたことをやるのか、自分でもわかっていなかった。ただやむにやまれずそうしたのであり、その理由を考えたりはしなかった。

抑えがたい衝動がバックを捉えていた。野営地で寝そべり、昼の暑いさなかにうとうとと眠っていると、突如頭が持ち上がり耳がぴんと立って一心に聴き入り、バックは跳び上がって駆け出していき、何時間も森の小道を走って、サボテンが生えた広い空間を通り抜ける。干上がった水路を走ったり、森に棲む鳥たちのそばに這っていってこっそり観察したりするのはとても楽しかった。一日中、下生えに横たわって、ヤマウズラたちがつんつん気どってそこらを行き来するのを眺めて過ごした。けれどとりわけ楽しかったのは、夏の真夜中、薄暗がりの中を走ることだった。森のひっそり眠たげなさざめきをバックは聞き、人間が本を読むようにさまざまな気配や音を解読し、彼に呼びかける――目覚めても眠っていてもこっちへ来いとつねに呼びかける――あの神秘な何かを探した。

ある夜、バックはハッと眠りから覚めた。目は熱っぽく光り、鼻の穴は細かく震えて匂いを探り、たてがみは逆立ってくり返し波打っていた。森から呼ぶ声が（というより、呼び声のひとつの音色が――呼び声にはいろんな音色があったのだ）、かつてなくくっきり鮮明に聞こえてきた。長く伸びた、ハスキーの立てる音に似てもいるし似ていなくもある吠え声。そしてバックはそれを、体の奥の部分で、かつて聞いた音として感じとった。静まり返った野営地から飛び出して、迅速に音もなく森を駆けていった。叫び声に近づくにつれて速度を落とし、動き一つひとつに注意して、やがて木立のあいだの開けた場所に出た。目を上げると、そこに、ぴんと背をのばして座り込み、鼻を空に向けている背の高い痩せたシンリンオオカミがいた。

バックは何の音も立てなかったが、狼は吠えるのをやめ、バックがそこにいるのを感じとろうとした。バックはそっと、開けた場所に出ていった。なかば屈み込み、体を小さく丸め、尻尾はぴんと硬くのばし、いつになく慎重に一歩一歩足を下ろしていった。動き一つひとつが、威嚇と友好の両方を伝えていた。そうした威嚇交じりの休戦の申し出こそ、捕食者たる野獣同士の出会いの特色にほかならない。だが狼は、バックを見て逃げた。バックは狂おしく跳ね、何とか追いつきたいと欲してあとを追った。クリークの川床の、流木が道をふさいでいる行きどまりに狼を追いつめた。狼はうしろ脚を軸にしてくるっと身を翻した。ジョーがよくこうやっていたし、追いつめられたハスキーはみなこうしながらうなり声を上げ毛を逆立て、歯をかちかち続けざまに鳴らしたものだった。

バックは襲いかかりはせず、狼の周りをぐるぐる回って、じわじわ友好的に寄っていって相手を追いつめた。狼は警戒し、怖がっていた。バックの方が体重は三倍あったし、狼の頭はバックの肩にやっと届く程度だったのだ。逃げる隙を窺っていた狼はやがてパッと飛び出し、追跡が再開された。何度も追いつめられるたびに、狼の体調は決してよくなかったものの同じことがくり返された。狼の調子が万全だったら、バックとしてもそんなにたやすく追いつけはしなかっただろう。バックの頭が自分の脇腹の横に迫ってくるまで狼は走りつづけ、その追いつめられた状態からくるっと向き直り、隙を狙ってはまた飛び出して逃げるのだった。

だが結局、バックの執拗さは報われた。相手に悪意がないと見てとると、狼はようやく、バックと鼻をすり合わせたのである。こうして彼らはうち解けていき、たがいにじゃれ合った。獰猛な獣が己の獰猛さを裏切る際の、落着かなげな、なかばはにかんだ様子がそこにはあった。

しばらくそうしていたあと、狼はゆるやかに駆け出した。明らかにどこか行先があるようだった。ついて来い、と彼はバックにはっきり伝え、彼らは陰気な薄暗がりの中を並んで駆けていき、クリークの川床をまっすぐのぼり、そのクリークが始まっている峡谷に入って、水源たる荒涼とした分水嶺を越えていった。

分水界の向こう側の斜面を下っていくと、森と多くの小川から成る平らな土地があって、その大きな広がりの中を彼らは何時間も駆けていき、太陽はだんだん高く上がり日も次第に暖かくなった。バックは狂おしいほど嬉しかった。自分がとうとう呼び声に応えていることが彼にはわかった。森の兄弟と並んで走り、呼び声が間違いなく発しているところへ向かっているのだ。古い記憶がどんどん戻ってきていて、バックはその記憶を、その元となっている現実をかつて肌に感じたのと同じにいま感じとっていた。これと同じことを前に、あのもうひとつの、おぼろに覚えている世界のどこかで自分はやったことがある。そしていままたそれをやっていて、広々とした地を自由に走り、踏み固められていない大地を足下に感じ、頭上には大空が広がっているのだ。

水を飲もうと彼らはせせらぎの前で止まり、止まった瞬間にバックはジョン・ソーントンのことを思い出した。バックは座り込んだ。狼は呼び声が間違いなく発している場所に向かって走り出し、やがてバックの許に戻ってきて、鼻をすり合わせ、バックを促すようなしぐさを見せた。だがバックは回れ右し、もと来た道をゆっくり戻りはじめた。一時間近く、野生の兄弟はバックと並んで走り、低い鳴き声を上げていた。やがて狼は座り込み、鼻を上に向け、吠えた。それは物哀しい吠え声だった。着々と走っていくバックの耳に、その声はどんどん小さくなっていき、やがて彼方に消えた。

ジョン・ソーントンが食事をしている最中にバックは野営地に飛び込んできて、狂おしく愛情をほとばしらせてソーントンに飛びかかり、その体をひっくり返し、上によじのぼり、顔を舐め、手を嚙んだ。ジョン・ソーントン言うところの「馬鹿騒ぎひととおり」をバックが済ませているあいだ、ソーントンもバックを前後に揺すり、愛情たっぷりに罵倒した。

二日二晩、バックは野営地を離れず、ソーントンから一時(いっとき)も目を離さなかった。仕事をしている彼について回り、食べている最中も見守り、夜には毛布に入るところを見届け朝は毛布から出るところを見た。けれども、二日が経つと、森の呼ぶ声がふたたび、いままで以上に有無を言わさず響いてきた。バックの落着かなさが戻ってきて、野生の兄弟をめぐる回想が訪れ、分水嶺の向こうの晴れやかな土地の情景、広大な森を並んで駆けた回想が戻ってきて彼にとり憑いた。バックはふたたび森の中をさまようようになったが、野生の兄弟はもう来なかった。長い夜を徹して耳を澄ませたが、物哀しい吠え声は二度と聞こえなかった。

バックは夜に外で眠るようになり、昼は何日も続けて野営から離れていた。一度は分水嶺をクリークの水源のところで越え、森と小川の地まで降りていった。そこで一週間さまよって過ごし、野生の兄弟の気配を空しく探し、行く先々で獲物を殺し、いつまでも疲れないように思えるゆったり大きな足どりで移動を続けた。どこかで海に注いでいる広々とした川で鮭を捕まえ、川のほとりで大きな黒い熊を殺した。熊もやはり魚を捕っている最中、蚊の群れに襲われて目が見えなくなり、森の中をぶざまに荒れ狂っていたのだった。とはいえそれは難儀な戦いであり、それによって、バックの獰猛さの、最後まで眠っていた部分が目覚めることとなった。二日後、殺した熊のところに戻っていくと、十匹ばかりのクズリが獲物を奪いあっていた。バックは彼らをモミガラのようにあっさり追い払い、置いてきぼりにされた二匹はもはや奪いあいもせぬ身となった。

血に飢える思いはますます強くなっていった。バックは殺す者、ほかの動物を餌食とする者だった。生き物を糧に生き、誰の助けも借りず、独りきり、自分の強さと勇猛さを頼りに、強い者だけが生き延びる過酷な環境で堂々生き延びていた。こうしてバックの心に、己に対する大きな誇りが芽生え、それが体にも伝染していった。動き一つひとつにその誇りが現われ、筋肉が動くたびにはっきり見えて、身のこなしを通して言葉と同じくらい明白に語られ、それが輝かしい毛皮をなおいっそう輝かしく見せた。鼻づらと目の上にぽつんとある茶色と、胸の真ん中を流れる白い毛がなかったら、バックは巨大な狼に――種の中で誰よりも大きい狼に――間違えられてもおかしくなかった。父親のセントバーナードから大きさと重さは受け継いでいたが、その大きさと重さに形を与えたのは母親のシェパードだった。鼻づらは細長く、どんな狼の鼻づらより大きいことを別とすれば狼そのものだったし、やや幅の広い頭は狼の頭を拡大したものにほかならなかった。

彼のしたたかさは狼のしたたかさ、野生のしたたかさであり、彼の知性はシェパードの知性とセントバーナードの知性だった。それに加えて、どこよりも厳しい学校で得た体験が、彼を荒野をさまようどんな生き物にも劣らず恐るべき存在にしていた。肉食性の、獲物を喰らって生きる動物として彼はいままさに生の盛りにあり、あふれんばかりの活力と精悍さをみなぎらせていた。優しく慈しむ手でソーントンがその背中を撫でるとき、パチパチと弾ける音が手元に生じ、その毛一本一本にたまった磁気が放出された。脳と体、神経細胞と繊維、そのすべてが絶妙の精度に達していた。あらゆる部分同士が完璧な平衡、調和の関係にあった。対応を必要とする情景、音、出来事に対しては稲妻のすばやさで反応した。ハスキー犬も攻撃から身を護ったり自ら攻撃を仕掛けたりする上で敏捷に跳ねるものだが、バックはその倍の速さで跳ねた。ほかの犬が単に、何かを見たということ、聞いたということを理解するのに要する時間よりもっと短時間で、何が動いたか、何が聞こえたかを把握してそれに対処した。一瞬のうちに知覚し、決断し、対処した。事実としては知覚、決断、対処は順々に生じる過程だが、その間隔があまりに微少なので、同時であるように見えてしまうのだ。筋肉には活力がみなぎり、鋼のばねのように鋭く反応した。生命は彼の中を、華麗な洪水となって、喜ばしく、奔放に流れた。これではじきに、あまりの恍惚に生命が彼を引き裂いて、世界中に豊潤に流れ出てしまうのではと思えた。

「こんな犬、前代未聞だよ」とジョン・ソーントンがある日、野営から堂々と歩み出ていくバックを眺めている仲間たちに言った。

「あいつが作られたとき、鋳型が壊れちまっただろうな」とピートが言った。

「まったく！　俺もそう思う」とハンスも言った。

バックが野営から堂々と歩み出ていくのを彼らは見たが、人知れぬ森の中に入っていったとたんに生じる即時の、かつ恐ろしい変容は見なかった。もはやバックは、堂々と歩きはしなかった。たちまちのうちに野生の生き物となり、そっと音もなく忍び足で進み、通りがかるいろんな影のあいだで現われたり消えたりするひとつの影と化した。あらゆる隠れ場所を活用するすべを知り尽くし、蛇のように腹這いで進み、蛇のように跳び上がって襲いかかった。ライチョウを巣から引きずり出し、眠っているウサギを殺し、木に逃れるのが一秒遅れた小さなシマリスたちに中空で嚙みついた。澱みにいるどんな魚も彼にとって速すぎるということはなかったし、ダムを修繕しているビーバーの用心深さも彼の前では無意味だった。食べるために殺すのであり、遊びで殺すのではなかったが、できれば自分で殺したものを食べる方をバックは好んだ。だから、彼のふるまいにはしばしばユーモアがひそんでいた。リスにこっそり寄っていって、もう少しで捕まるというところで見逃してやり、リスが怯えきってキイキイ鳴きながら木のてっぺんに駆け上がるのを見て楽しんだりもした。

秋が訪れると、ヘラジカの数が増えた。少しは温暖なふもとの谷間で冬を過ごそうと、山をゆっくり下りてきたのである。バックはこれまでに、群れからはぐれた、大人になりかけの子牛を餌食にしたことがあったが、もっと大きな、もっと強い獲物を烈しく欲していた。そしてある日、分水嶺の、クリークの水源でそれに出会った。二十頭のヘラジカの一団が、小川と森の地から渡ってきていて、その首領格の、大きな雄のヘラジカが一頭いた。ヘラジカは折しもひどく獰猛な気分になっていて、地面から六フィートの高さに立った姿は、バックでさえこれ以上の敵は望みえぬ恐ろしさだった。大きなてのひら状の枝角(えだつの)をヘラジカは前後に揺すった。角は十四の先端に枝分かれしていて、それらの先端が幅七フィートの空間を包み込んでいる。小さな目に邪悪で憎々しげな光をギラギラさせながら、ヘラジカはバックを見て憤激の吠え声を上げた。

ヘラジカの側面、脇腹のやや前方から、羽根のついた矢が飛び出していた。獰猛になっている理由もこれで知れた。原初の世界の、かつての狩りの日々からやって来る本能に導かれて、バックはこのヘラジカを群れから切り離しにかかった。それは容易な業(わざ)ではなかった。ヘラジカの前で吠え、躍り回りながら、大きな枝角からも平たく広がったひづめからもぎりぎり届かない距離を保った。その恐ろしいひづめに踏みつけられたら、さすがのバックも一撃で息の根を止められかねない。一方ヘラジカは、この牙を剥いた敵に背を向けて先へ行くこともできず、ますます激しい怒りに駆られていった。そしてバックめがけて突進してきたが、バックは老獪(ろうかい)にうしろへ退き、逃げられないふりを装って相手をおびき出した。だがそうやって相手を仲間たちから引き離しても、若い雄ヘラジカ二、三頭がバックめがけて突進してきて、傷を負った首領はまた群れに戻ってしまうのだった。

野生の根気ともいうべき、生命そのものと同じくらい執拗で、疲れを知らぬ、粘り強い辛抱強さがある。この根気ゆえに、蜘蛛は巣の上で何時間も動かずにいるのだし、とぐろを巻いた蛇、待ち伏せしたヒョウも同じである。この辛抱強さは、生きた食べ物を生物が狩る際にとりわけ発揮される。ヘラジカの群れの側面に張りついたいまのバックにもこれが訪れていた。彼のせいで群れの行進は遅れ、若い雄ヘラジカたちは苛立ち、育ちかけの子を抱えた雌ヘラジカは不安に陥り、傷を負った雄ヘラジカは空しい憤怒に気も狂わんばかりの状態へと追い込まれた。これが半日続いた。バックは自分を何匹にも増殖させ、四方から攻め、威嚇のつむじ風となって群れを包み込み、目当ての敵が仲間と合流するが早いかふたたび孤立に追い込み、餌食にされる側の根気をすり減らしていった。そもそも餌食にされる側の根気の方が、する側のそれより弱いものなのだ。

日が暮れていき、太陽が北西の寝床に沈んでいくと(闇が戻ってきていて、秋の夜は六時間続いた)、攻め立てられた首領を助けに戻ってくる若い雄ヘラジカたちの足どりは、だんだん気乗りなさげになっていった。迫り来る冬に、山を下りるよう自分たちは追い立てられているというのに、彼らを邪魔しているこの疲れを知らぬ生き物は、どうやっても追い払えない。しかもいま危険にさらされているのは、群れ全体の生でも、若い雄ヘラジカたちの生でもない。

求められているのはただ一頭の生であり、それは自分たちの命ほどの緊急事ではない。結局彼らは、その犠牲を払うことに甘んじた。

薄闇が訪れるなか、年老いた雄ヘラジカは頭を垂れて立ち、消えゆく光の中を仲間たちがそそくさ足早に立ち去るのを見守った。彼が交わった一連の雌ヘラジカ、彼が父となった子ヘラジカ、服従させた雄ヘラジカ。彼らについて行くこともままならない。鼻先に、牙ある容赦なき厄介者が跳びかかってきて離れようとしないからだ。彼は二分の一トンを三ハンドレッドウェイト〔約一三六キロ〕上回る体重である。長い、たくましい、戦いと苦闘に満ちた生をこれまで送ってきて、その終わりに至り、自分のごつごつした大きな膝までの背丈もない生き物の牙にかかって死ぬ危機に瀕しているのだ。

それ以来、夜も昼も、バックは決して獲物の許を去らず、獲物を一瞬たりとも休ませず、彼が木の葉やカバかヤナギの若芽を齧ることも許さなかった。それにまた、水のちろちろ流れる小川をあちこちで渡る際も、傷ついた雄ヘラジカが激しい喉の渇きを癒す機会をバックは与えなかった。何度も、捨て鉢になって、雄ヘラジカは逃げ出して一気に走っていった。そんなときバックは、相手を止めようともせず悠々そのうしろについて走り、この成行きを堪能し、ヘラジカが止まれば自分も横になり、食べたり飲んだりしようとすれば猛烈に襲いかかった。

木のごとき角の下で、ヘラジカの大きな頭がだんだん垂れていき、引きずるような足どりもますます力なくなっていった。鼻を地面に付け、うちひしがれた耳を弱々しく垂らして長いこと立ち尽くすようになり、バックの方は自分が水を飲んだり休んだりする時間がますます取れるようになった。そうやってバックが、赤い舌を垂らして荒く息をし、目はヘラジカの巨体から離さずにいると、物事に変化が生じつつあるように思えてきた。この土地に新たなうごめきがあるのが彼には感じられたのである。ヘラジカたちが山から下りてくるとともに、ほかのいろんな生き物もやって来ている。森が、小川が、空気が、それらの生に躍動しているように思えた。その知らせは目、耳、鼻を通してではなく、何か別の、より繊細な感覚を通して彼に伝わってきたのだった。何も聞こえず、何も見えなくても、土地が何か違っていることがわかったし、その土地を、見慣れぬものたちがうごめき、歩き回っている。この相手を片付けたら調べてみよう、とバックは思った。

とうとう、四日目の終わりに、巨体の雄ヘラジカを倒した。まる一昼夜、仕留めた獲物のそばにとどまり、食べては眠ることをくり返した。それから、十分に休み、元気を回復して気分も新たに、バックは野営地の方、ジョン・ソーントンの方に顔を向けた。大きな、緩やかな足どりで駆け出し、何時間も走りつづけ、こんがらがった道にも決して迷わず、人間も磁石も恥じ入らせるであろう確実な方向感覚とともに、見知らぬ土地を抜けてまっすぐ野営地に戻っていった。

走りつづけるなかで、土地の新しいうごめきがますますはっきり感じられるようになった。夏のあいだずっとそこにあったのとは違う生が広がっていた。この事実はもはや、何か繊細で神秘な形で彼に伝わってくるのではなかった。鳥たちもそれを語っていたし、リスもそれについてペチャクチャ喋ったし、風までがそれを囁いていた。バックは何度か立ちどまって、みずみずしい朝の空気を大きく吸い込み、そこにメッセージを読みとり、それゆえいっそうの速度で疾走していった。何か大きな災難が起きつつある感覚に彼は捉えられていた。ひょっとしたらすでに起きてしまったのかもしれない。最後の分水界を越え、野営地めざして谷間に降りていくと、ますます用心深く進んでいった。

三マイル手前で、出来たばかりの踏み跡に行きあたって、バックの首筋の毛が波打ち、逆立った。踏み跡はまっすぐ野営地とジョン・ソーントンに向かっている。バックは先を急いだ。迅速に、ひたひたと、全神経を張りつめて、ひとつの物語を――物語の結末以外はすべてを――語っている無数の細部に気を配りながら。自分がいかなる生命の足跡（そくせき）をたどっているのか、刻々変化する情報を鼻がもたらしてくれた。森の意味深長な静寂もバックは認識した。鳥たちは飛び去っていた。リスたちは隠れていた。見たのは一匹だけで、小綺麗な灰色のそいつが、灰色の枯れた大枝にぺったり貼りついて、まるで枝の一部のように、木から飛び出した突出物のように見えた。

滑るように動く影のひそやかさでバックは進んでいったが、突然、鼻がぐいっと横に、何か現実の力に摑まれて引っぱられたかのように動いた。新しい匂いをたどって茂みに入っていくと、ニグが脇腹を下にして倒れていた。ここまで体を引きずってきて息絶えたのだろう、一本の矢の先端と羽根が体の左右から突き出ていた。

百ヤード先へ行くと、ソーントンがドースンで買った橇犬の一匹に出くわした。犬は断末魔の苦しみの只中にあり、踏み跡の上でのたうっていた。バックは立ち止まることなく、その体をよけて通っていった。野営地から、多くの声から成るかすかな音が単調な呪文のように強まったり弱まったりするのが聞こえた。開けた土地の端まで這っていくと、ハンスがうつぶせに倒れていた。体に矢が何本も刺さって、まるでヤマアラシのようだった。と同時に、トウヒの大枝で作った山小屋があったところにバックが目を向けると、そこに見えたものに首と肩の毛がまっすぐ跳ね上がった。圧倒的な怒りの大波が体内を貫いていった。声を出していることに自分では気づいていなかったが、すさまじく獰猛なうなり声をバックは上げていた。その生涯、バックがしたたかさと理性を忘れて激情に流されたのはこれが最後だった。逆上したのはジョン・ソーントンに対する深い愛情ゆえだった。

トウヒの山小屋の残骸の周りで踊っていたイーハット族たちは、恐ろしい咆哮を聞き、見たこともないたぐいの動物が自分たちに向かって突進してくるのを見た。憤怒の生きた暴風と化したバックが、破壊の狂乱に包まれて突撃してきたのだった。一番前にいた男（イーハット族の首長だった）にバックは飛びかかり、その喉をぱっくり切り裂いた。破れた頸静脈から血の泉が噴き出し、バックはそれ以上嚙み散らしはせず、ふたたび飛び出して、二人目の男の喉を引き裂いた。逆らいようはなかった。インディアンたちの只中にバックはくり返し飛び込んでは、裂き、破り、殺し、不断のすさまじい動きを持続させ、飛んでくる矢を物ともしなかった。実際、動きがあまりに速いので、そしてインディアンたちは絡みあうように密集していたので、矢でたがいの体を射(い)てしまった。一人の若い狩人は、中空を舞うバックに槍を投げつけたものの、別の狩人の胸を貫いてしまい、その勢いに槍の先が背中から突き出した。やがて、パニックがイーハット族を襲い、彼らは恐怖に包まれて森へ逃げていき、悪霊が来たと叫びながら走った。

そしてバックはまさに悪鬼だった。怒りに包まれてインディアンたちのあとを追い、木々のあいだを駆けていく彼らを鹿のように次々倒していった。それはイーハット族にとって恐ろしい一日だった。彼らはあたり一帯に散らばって逃げ、一週間経ってからようやく、生き残った最後の者たちが下の谷間に集(つど)って死者の数を数えた。一方バックは、追跡にも嫌気がさして、荒廃した野営地に戻っていった。襲撃の最初の瞬間に毛布にくるまったまま殺されたピートが見つかった。ソーントンの必死の抵抗の跡はまだ地面に生々しく残っていて、バックはその匂いの細部一つひとつをたどって深い池の縁に出た。水際に、頭と前足が水に入った格好で、最後まで忠誠を保ったスキートが転がっていた。砂鉱を洗い分ける流し樋を使ったため池は濁って変色し、その中にあるものをすっかり隠していた。そしてその中にあるものとはジョン・ソーントンだった。バックは彼の跡をたどってこの水まで来たのであり、ここで跡は終わっていたのである。

一日中、バックは池のほとりでふさぎ込み、野営地をせわしなく動き回った。動きの終焉(しゅうえん)としての死、生者たちの生からの退出としての死はバックも知っていたし、ジョン・ソーントンが死んだこともわかっていた。自分の中にぽっかり空虚が生じ、それは空腹にやや似ていたが、ただしひたすら痛む、食べ物では満たせない空虚だった。時おり立ちどまってイーハット族たちの死体を眺めると、その痛みも忘れた。そんなとき、自分の中に大きな誇りが湧いてくるのをバックは感じた。いままで味わったいかなる誇りよりも大きな誇りだった。彼は人間を、もっとも高貴な獲物を殺したのであり、棍棒と牙の掟とじかに向きあって殺したのだ。物珍しい思いで、バックは死体の匂いを嗅いで回った。どの人間も、実にあっさり死んだ。ハスキー犬を殺す方がずっと大変だ。矢と槍と棍棒がなかったら、まるっきり相手にならない。これからはもう、手に矢、槍、棍棒を持っていない限り人間を怖れはしない。

　夜が来て、木々の上に満月が出て、空にのぼって大地を照らし、あたりは昼の幽霊のような光に包まれた。そして夜の訪れとともに、池のほとりでふさぎ込み、悲しんでいたバックは、イーハット族がもたらしたのとは違う、新しい生のうごめきを森の中に感じはじめた。立ち上がって、耳を澄まし匂いを嗅いだ。遠くからかすかな、鋭い吠え声がひとつ聞こえて、同様の鋭い吠え声の合唱がそれに続いた。刻一刻、声たちはだんだん近づき、大きくなっていった。バックはふたたびそれらを、記憶の中で持続しているあのもうひとつの世界で聞いたものとして認めた。開けた場所の真ん中に彼は出ていき、耳をそばだてた。それは呼び声だった。多くの音色から成る呼び声が、これまで以上に誘惑的に、力強く響いていた。そして、これまでとは違い、いまやバックは従う気だった。ジョン・ソーントンは死んだ。最後の絆が断ち切られたのだ。人間とのしがらみに、もはや縛られてはいなかった。

イーハット族と同じに、移動するヘラジカたちの側面に貼りつき、生きた肉を狩りながら、狼の群れはついに、小川と森の地からこちらの谷間へ侵入してきたのだった。月光の流れる開けた場所に、彼らは銀の洪水となって注ぎ込んできた。その開けた場の真ん中に、バックは彫像のごとく不動に立ち、彼らの到来を待った。そのあまりに静かな、堂々たる佇(たたず)まいに、狼たちも畏怖の念を覚え、つかの間の静止が生じたが、やがてもっとも大胆な者がまっすぐ飛びかかってきた。閃光のようにバックは反撃し、相手の首の骨を折った。そしてふたたび、首を折られた狼が背後で苦痛にのたうつのをよそに、じっと動かず立った。ほか三匹が続けざまに挑んできて、三匹とも次々に、切られた喉や肩から血を流しながら退散した。

これでもう、群れ全体がいっせいに飛びかかってくるしかなくなった。みんなてんでに、たがいに押しあいへしあいして動き、獲物を倒そうとはやる思いに足を引っぱられ、混乱に陥っていた。バックのめざましいすばやさ、敏捷さが大いに役立った。うしろ脚を軸にして体を回転させ、嚙み、裂き、あらゆるところに同時に存在して、四方で切れ目なく前を向いているかのようだった——それほど速く回転し、右に左に防御を固めたのである。だが、狼たちが背後に回り込むのを防ぐには、さすがにうしろへ下がらざるをえず、池の横を通ってクリークの川床に降りていき、やがて高い砂利の土手まで来てぴたっと止まった。金を採る作業の一環として人間たちが作った、土手の中の直角を成す場所にじわじわ進んでいき、ここで反撃に回った。ここなら三方を護られていて、前だけに集中できるのだ。

そしてバックは見事な集中を見せ、三十分が過ぎるころには、狼たちはすっかりまごつき後退していた。誰もが舌をだらんと垂らし、白い牙が月光の下で残忍に白く光った。這いつくばって頭を持ち上げ耳を前に突き出す者もいたし、四本足で立ってバックを見守る者もいれば、池の水を舐めている者もいた。一匹の、体の長い、痩せた、灰色の狼が用心深く、親しげな様子で前に出てきて、バックはそれを、かつて一昼夜を共に走った野生の兄弟として認めた。狼は穏やかな鳴き声を上げていて、バックも声を上げるとともに、二匹は鼻を触れあった。

やがて、年老いて痩せこけた、体じゅうに戦いの傷跡の残る狼が歩み出てきた。歯を剥いてうなり声を上げようと、バックはまず唇をねじ曲げたが、結局その狼とも鼻をすり合わせた。すると老いた狼は座り込み、鼻を月に向けて、長い、狼の吠え声を上げた。ほかの者たちも座り込んで吠えた。そしていま、呼び声はバックの許に、間違えようのない語調で届いた。彼もまた、座り込んで吠えた。それが済んで、直角の陣地から出ていくと、狼たちが彼を取り囲み、なかば親しげに、なかば獰猛に鼻を寄せてきた。首領格の者たちが群れの叫びを発し、森に駆け込んでいった。残りの者もそれに従い、叫びを合唱しながら飛んでいった。そしてバックも彼らとともに、野生の兄弟と並んで、叫びを上げながら走った。

＊　＊　＊

ここでバックの物語が終わってもよいのだろう。それから何年も経たぬうちに、森の狼たちの種(しゅ)に異変が生じたことにイーハット族は気づいた。頭と鼻に茶色のぶちがあり、胸の真ん中に白い裂け目が走っている狼たちが目につきはじめたのだ。だがそれ以上に、群れの先頭を走る幽霊犬のことをイーハット族は語る。彼らはこの幽霊犬を怖れている。なぜならこの犬は彼らよりもしたたかで、厳しい冬には彼らの野営地から食べ物を盗み、罠を解除して、彼らの飼う犬を殺し、一番勇敢な狩人にも平然と挑むのだ。

いや、話はさらに悪くなっていく。野営地に戻ってこない狩人もいるし、喉を無残に切り開かれた姿で一族の者に発見された狩人もいる。彼らの周りの雪には、どんな狼の足跡よりも大きな狼の足跡が残っている。秋が来て、イーハット族がヘラジカの動きを追うたび、彼らが決して足を踏み入れない谷間がひとつある。そして、焚火を囲み、悪霊が来てその谷間を棲みかに選んだ話を聞くたび、顔を曇らせる女たちがいる。

けれども、毎年夏にその谷間には、イーハット族に知られることなく、ある訪問者がやって来る。それは大きな、壮麗な毛皮に包まれた狼で、ほかの狼みなと同じようでもあり、違っているようでもある。晴れやかな森の地から狼は独り渡ってきて、木々のあいだの開けた場所に降り立っていく。そこでは朽ちはてたヘラジカ革の袋から黄色い水が流れ出て地面に吸い込まれ、そこから高い草が生え、腐植土がその上を覆って黄色い色を太陽から隠している。狼はここでしばし思いにふけり、一度長く、哀しげに吠え、ふたたび去っていく。

だが彼はいつも独りではない。長い冬の夜がやって来て、狼たちが食糧を求めて山から谷間に下りてくるとき、時おり彼が、青白い月光の下、あるいは北極光のちらつく下、群れの先頭を走っていく姿が見受けられる。仲間たちよりはるかに高く彼は跳ね、堂々たる喉はより若き世界の歌を響かせている。それは群れの歌だ。

火を熾(おこ)す【1902年版】

To Build a Fire

陸路であれ海路であれ、世界中どこでも、旅は相棒とするのが望ましいとされるのは世の常。そしてクロンダイクにあっては、トム・ヴィンセントが学んだごとく、そうした相棒は絶対に不可欠である。だが彼はそれを、格言を通してではなく、辛い体験を通して学んだのだった。「絶対に一人で旅するな」とは北の地の格言である。何度も、それを耳にするたび、トム・ヴィンセントはあざ笑ったものだった。彼はがっしり逞しい若者であり、骨も太ければ筋肉も隆々として、自分自身を信じ、自分の頭脳と手の力を信じていたのである。

寒気を甘く見ないこと、そしてこれまで寒気と闘ってきた男たちの叡智を甘く見ないことを彼に教えた経験は、一月のある荒涼たる日に訪れた。

軽い荷物を背負って、彼はユーコン川ぞいのカルメット野営地を発った。そこからポール・クリークをのぼって行って、ポール・クリークとチェリー・クリークの分水嶺まで行く。そこまで行けば、仲間たちが鉱脈を探し、ヘラジカを狩っているのだ。

寒気は華氏にして零下六十度だった。独りで踏破すべき道のりは五十キロ。だがヴィンセントにはそれも気にならなかった。それどころか、楽しいくらいだった。静寂の地を闊歩するなか、血は温かく力強く血管を巡り、心は気ままで愉快だった。何しろ彼と仲間たちは、チェリー・クリークの分水嶺で有望な「鉱脈（ペイ）」に行きあたったことを確信していたし、それに彼は、ドースンから本国の家族たちの陽気な手紙を携えて仲間の元へ戻っていく最中だったのである。

七時に、鹿革靴（モカシン）のかかとをカルメット野営地に向けて出発したときには、まだ真っ暗な夜であった。九時半に夜が明けた時点では、平原を横切る六キロの近道を抜け、ポール・クリークぞいをすでに十キロのぼっていた。めったに人が通ることもないその道はクリークの川床をたどっていて、迷子になる恐れはまったくなかった。ドースンまではチェリー・クリーク、インディアン・リバーを通っていったから、ポール・クリークは初めてで物珍しかった。十一時半には、話に聞いていたとおりの分岐点に行きつき、これでもう二十五キロ、半分の距離を来たことになる。当然この先は道ももっと険しくなることは承知していたし、ここまで順調に来たのだから、ここらで昼食にする資格はあるとヴィンセントは思った。そこでリュックを放り投げ、倒木の上に腰かけて、右手の手袋(ミトン)を外し、肌に直接触れたシャツのなかに手を入れて、ベーコンのスライスをはさんでハンカチに包んだ丸パン二つを取り出した。パンをかちかちに凍らせずに持ち歩くにはこれ以外手はない。

最初の一口を頬張ったばかりで、早くもどんどんかじかんできた指が、手袋をふたたび着けるようヴィンセントに警告した。寒気が食い込んでくる、そのすさまじい速さにたじろぎもせず、彼は手袋を着けた。こんなに厳しい寒波は間違いなく初めてだな、と思った。

北の地の人間がよくやるように、彼は雪の上に唾を吐いた——と、一瞬にして凍った唾がぱいちんと鋭い音を立て、彼をはっと驚かせた。カルメットのアルコール温度計は彼が発つとき零下六十度を指していたが、いまはどう見てもそれよりずっと寒い。どのくらい寒くなったかは見当もつかなかった。

一つ目の丸パンもまだ半分手つかずだったが、体全体が凍えてくるのがひしひしと感じられた。こんなことはめったにない。これはまずい、と判断して、リュックのストラップを肩にかけて勢いよく立ち上がり、早足で道を駆けていった。

何分かそうやっているとふたたび体も温まってきたので、歩調を緩めて安定した速度に戻し、歩きながら丸パンをもぐもぐ齧（かじ）った。息とともに吐き出される湿気が、氷の殻を垂れ下がらせて唇と口ひげを覆い、あごにミニチュアの氷河が出来上がった。時おり鼻や頬から感覚が消え失せ、そのたびにヴィンセントは、血の巡りが戻ってきて熱く火照（ほて）るまでごしごしこすった。たいていの人間は鼻帯（ノーズ＝ストラップ）を着ける。彼の相棒たちもそうしていた。だが彼はそんなものは「女々しい玩具」だと蔑み、これまでその必要を感じたこともなかった。だがいま彼は、まさにその必要を感じながら、ひっきりなしに鼻をこすっていた。

それでも彼は、わくわくする喜びを、高揚を感じていた。自分は何かを為している。何かを達成し、厳しい自然を征服しつつある。一度など、あふれてくる生命感に思わず笑い声を上げ、握りこぶしを寒気につきつけたほどだった。自分こそが主人なのだ。寒気がどれだけ厳しかろうと、自分は自分の好きなようにやる。寒気などに止められはしない。何があろうとチェリー・クリーク分水嶺まで行くのだ。

自然の力も強かったが、彼はもっと強かった。こんなとき、動物たちはこそこそ穴ぐらにもぐり込んで、そこに隠れたままだ。だが彼は隠れない。自然のただなかに出て、自然と対峙し、戦っている。彼は人間であり、事物の主人なのだ。

そんなふうに、自信満々の歓喜を覚えつつ、力強く進んでいった。一時間経って、クリークが山の中腹近くを流れる曲がり道を曲がると、見かけは何ということもなさそうな、だが北の地でも有数の恐ろしい危険の前に彼は出た。

クリーク自体は岩だらけの底までかちかちに凍りついているが、山にあるいくつかの泉からは水が湧き出ている。これらの泉は決して凍らない。どんなに厳しい寒波が来ても、その流出量が減るだけである。湧き水は雪の毛布によって寒気から護られ、クリークのなかにしみ込んで、クリークの氷の上に浅い池を形成する。

そして今度は、これら池の表面に氷の皮が生じ、それがどんどん厚くなっていって、やがて水があふれ、最初の池の上にもうひとつ、氷の皮に覆われた池が出来る。

このようにして、一番底はかちかちに凍ったクリークの氷、その上はおそらく十五センチから二十センチの水、次は薄い氷の皮、それからまた十五センチから二十センチの水ともう一度薄い氷の皮が生じていた。そしてこの二つ目の皮の上に二、三センチ、最近降ったばかりの雪がかぶさって、罠は完璧になっていた。

トム・ヴィンセントの目に、何ら切れ目のない雪の表面は、その下にひそむ危険についていっさい何の警告も与えなかった。殻は端の方が厚かったから、ズボッとはまったときにはもう真ん中近くまで来てしまっていた。

それ自体は取るに足らない罠である。深さ三十センチの水で人は溺れはしない。だがそこから生じる波紋としては、これほど深刻なアクシデントもほかになかった。

ズボッと落ちた瞬間、冷たい水が足と足首を打つのをトム・ヴィンセントは感じ、大急ぎで五、六歩突進して土手まで行った。彼は落着き払っていた。少しもあわてていなかった。なすべきこと、唯一なすべきことは、火を熾すことだ。北の地のもうひとつの格言は「零下二十度までは靴下が濡れても歩きつづけろ。それより下がったら、火を熾せ」である。そしていまは零下二十度の三倍よりもっと寒い。それははっきりわかっていた。

さらに、作業は入念に進めねばならないこともわかっていた。一回目の企てでやり損なったら、二度目でやり損なう確率はもっと高い。要するに、やり損なってはならないのだ。ついさっきまでは、厳しい自然を征服した自信満々のたくましい男だったのが、いまはもう、その同じ厳しい自然を相手に命がけで戦っている。北の地を行く旅人の計算のなかに、一リットルの水が注入されたことから生じる違いはかくも大きかった。

土手の縁に生えたマツの木立のなか、春の増水によって、小枝やもう少し太めの枝がたくさん打ち上げられていた。夏の陽を浴びてすっかり乾いたそれらの枝は、まさにマッチを待って横たわっていた。

分厚いアラスカ手袋を着けたまま火を熾すのは不可能である。ゆえにヴィンセントは手袋を外し、十分な数の小枝を集めて、それらから雪をはたき落とし、ひざまずいて火を熾しにかかった。内ポケットからマッチと、薄いカバノキの樹皮のかけらを取り出した。マッチはクロンダイク式の硫黄マッチで、一束は百本あった。

指がまたたくまに凍えていくのを感じながら、マッチの束から一本を抜き出し、ズボンで擦った。かさかさに乾いた紙のように、カバノキの樹皮はパッと明るく燃え上がった。この炎のなかに、一番小さな部類の小枝やごく細かいくずを慎重にくべて、この上なく用心深く炎を育てていった。急いてはならないことは承知していた。指はもうかちかちになっていたが、彼は急がなかった。

最初にすぐさま訪れた、刺すような寒さの感覚に続いて、今度は両の足先に、重たい、鈍い痛みが生じた。足はたちまち麻痺していった。けれど火は、まだ熾したばかりながら、もうしっかり燃えていた。少量の雪でごしごしこすれば、足もすぐ治る。

ところが、火に太めの枝をくべはじめた瞬間、恐ろしいことが起きた。頭上のマツの木の大枝には、四か月にわたる雪が積もっていて、それがきわめて微妙な平衡を保っていたのであり、彼が小枝を集めるその小さな動きによって、バランスが崩れてしまったのである。

てっぺんの大枝の雪がまず落ちて、これが下の大枝の雪に当たって、それを落下させた。こうして、落ちながらどんどん増えていった雪は、トム・ヴィンセントの頭や肩に落ち、熾した火を消してしまった。

それでも彼は落着きを失わなかった。訪れた危険がどれくらいのものか、ちゃんと把握していたからだ。彼はただちにもう一度火を熾しにかかったが、いまや指がすっかり麻痺していて曲げることもままならず、小枝や棒きれを一本一本、両手の指先で左右からはさんで拾い上げるしかなかった。

マッチに火を点ける段になると、束のなかから一本を抜き出すのにひどく苦労した。だがこれは何とかなしとげ、なお必死にがんばって、その一本のマッチを親指と人差し指ではさむことにも成功した。ところが、それを擦ったところで、雪の中に落としてしまった。もう拾い上げることはできなかった。

彼はパニックに襲われながら立ち上がった。くるぶしはすさまじく痛んだが、足に体重を感じることすらできなかった。手袋をはめて、これから熾す火に雪が落ちぬよう横方向に足を踏み出し、両手を思いきり木の幹に叩きつけた。

これが功を奏して、どうにか二本目のマッチを抜き出し、擦って、残ったカバノキの樹皮のかけらに火を点けることができた。だが体はだんだん凍えはじめていて、ぶるぶる震えていた。そのため、火に小枝をくべようとしたとき、手が大きく震えて、小さな炎を消してしまった。

体全体、すっかり寒気にやられていた。両手はまったく役に立たない。けれども、まずはマッチの束を、口の大きく開いた外ポケットに放り込んでおくだけの冷静さは残っていた。それから必死の思いで手袋をはめ、道を駆け上がり出した。が、マイナス六十度以下で走ったところで、濡れた足から寒気を追い出せはしないことはたちまち思い知らされた。

川が大きくカーブしていて、一キロ以上先まで見渡せるところに出た。けれど何の助けも見えず、助けの気配もなかった。白い木々と、白い山々と、ひっそりした寒さと、ふてぶてしい静寂があるだけ！ 足が凍えていない仲間さえいたら、と彼は思った。仲間がいて、火を熾してくれて、彼を救ってくれたら！

それから、彼の目がふと、やはり増水で打ち上げられた、もうひとつの小枝の山にとまった。もう一度マッチを擦れさえすれば、まだ助かるかもしれない。曲げることもできない、こわばった指で、彼はマッチを一束取り出したが、そこから一本を抜き出すのは不可能だった。

地面に座り込み、膝の上でごそごそぎこちなくマッチの束を動かし、そのうちやっとそれを手のひらに載せて、ちょうど狩猟用ナイフを握りしめたこぶしから刃が飛び出しているような具合に、硫黄のついた側を手の外に出すところまで行った。

だが指はぴんとまっすぐ伸びたままで、つかむことはできなかった。これを克服しようと、もう一方の手首を指に押しつけて、指をマッチの束にくっつけた。このように両手を駆使して、何度も何度も、マッチの束ごと脚で擦っているうちに、とうとう火が点いた。だが炎は彼の手をもじわじわ燃やしていった。彼は思わずマッチを握る力をゆるめた。束は雪のなかに落ち、拾い上げようと彼があがくのも空しく、火はじゅうっと鳴って消えた。

彼はもう一度駆け出した。今度は心底怯えていた。両方の足先からはすっかり感覚が失せていた。一度、雪に埋もれた丸太に爪先をぶつけたが、雪の上に投げ飛ばされて背中をねじっただけで、何の感覚も生じなかった。

ポール・クリークの分岐点の上あたりに、ヘラジカ猟師たちの野営地があるという話を聞いたことを彼は思い出した。きっとここからそんなに遠くないにちがいない。それさえ見つかれば、まだ助かるかもしれない。そして五分後、彼はその野営地にたどり着いた。が、そこには人っ子一人残っていなかった。かつて猟師たちが眠っていた、マツの大枝で作ったシェルターのなかは、吹きだまりの雪がちりばめられていた。彼は力なく座り込み、しくしく泣き出した。もうおしまいだ。このすさまじい温度では、一時間としないうちに冷たい死体になってしまうだろう。

だが彼の、生への執着は強かった。彼はふたたび勢いよく立ち上がった。頭のなかで、すばやく考えをめぐらせた。マッチで手が燃えるからどうだというのだ？　燃えた手の方が、死んだ手よりいい。手が全部なくなっても、死ぬよりはいい。彼はよたよたと山道を進み、また増水に打ち上げられた枝の山に行きあたった。小枝、もう少し大きめの枝、落葉、草、それらすべてが乾いていて、火を点けられるのを待っていた。

彼はもう一度座り込み、膝の上でマッチの束を動かして、手のひらにしかるべき形に載せ、もう一方の手首で、神経のなくなった指をマッチの束に押しつけ、そのまま放さぬようがんばった。二回擦って、火が点いた。この痛みさえ我慢できれば助かる。硫黄の煙に息がつまり、青い炎は両手の肉を舐めていった。

はじめは何も感じなかったが、火は凍えた表面からどんどん中に燃え進んできた。燃える肉の、自分の肉の臭いがつんと鼻を突いた。痛さに身もだえしたが、懸命にこらえた。歯を食いしばり、体を前後に揺らした。やがて、燃えるマッチの、白い澄んだ炎がパッと大きく燃え上がった。彼はその炎を葉や草に当てた。

不安な五分間が続いたが、火は着実に大きくなっていった。それから彼は、自分を救う作業に取りかかった。英雄的な処置が必要だった。事態はそれほど悪化していた。彼はひるまなかった。

雪で手をごしごしこするのと、手を炎に突っ込むのとを交互にくり返し、時おり堅い木の幹に叩きつけて、どうにか血液の循環を取り戻し、手はふたたび使えるようになっていった。狩猟用ナイフでリュックのストラップを切って、毛布を広げ、乾いた靴下と靴を取り出した。

それから、履いている鹿革靴をナイフで切って、両足をさらした。両手には容赦しなかったけれども、足は火に近づけすぎぬよう留意しつつ、雪でごしごしこすった。両手が麻痺してくると、足を毛布で覆い、手を火で暖めてから、また足をこする作業に戻った。

三時間にわたって作業に励んだ末、凍傷の最悪の症状は和らいでいった。彼は一晩じゅう火のそばにとどまり、翌日遅くに、よろよろと、見るも哀れな姿で、チェリー・クリーク分水嶺の野営地にたどり着いた。

一か月も経つと、ひとまずまた歩けるようになっていた。だが両足の爪先は、今後もずっと寒気にはひどく敏感でありつづけるだろうし、両手の傷も墓場まで抱えていくしかない。そしていまや彼は、ことあるごとに、「絶対に一人で旅するな！」と北の地の格言を口にするのである。

訳者あとがき

二〇〇八年に刊行したジャック・ロンドン短篇集『火を熾す』は幸い長年読み継がれていて、「ロンドンをもっと読みたい」という声も多く、今回二冊目のジャック・ロンドン邦訳書を「翻訳叢書」から出せることになった。とても嬉しい。

『火を熾す』はジャック・ロンドンの短篇の多彩ぶりを伝えることをめざして編んだが、今回はタイトルどおり、もっぱら「犬の話」に絞った。犬を主人公とする短篇を三本、中篇を一本、そしていわば「付録」として犬の出てこない短篇を一本収めた。

ロンドンの作品群のなかで、犬は人間に次いで二番目に重要な動物である。本書にも収録した、ロンドンのもっとも有名な作品である「野生の呼び声」は、終始一匹の犬の視点から、人間による洞察を加えつつ語られるし、また、そこそこ楽しめる短篇にとどまっていた一九〇二年版「火を熾す」が、一九〇八年版において、ロンドン最良の短篇であるにとどまらずアメリカ文学史上屈指の名短篇に変容する上で欠かせなかったのは、極寒の地を旅する男に犬が同伴者として加わったことだった。多作であったロンドンが遺した厖大な作品数からすれば、犬が中心となっている作品は決して多くないが、多くの読者は彼を「犬の話を書く作家」と認識しているし、ロンドン自身も“my dog public”（わが犬読者たち――編集者に宛てた一九一六年の電報のなかの言葉）を自分の最大の読者層と見ていた。
ロンドンは現実においても、犬と深く心を通じあう才能を持っていたようである。ゴールド・ラッシュの時代、若きロンドンは金（きん）を求めてクロンダイクに旅したが、その時期に知りあった人物の一人マーシャル・ボンドは、犬に対するロンドンの接し方は独特だったと述べている。

私を含めてたいていの人間は、犬を撫でたり抱いたり、多かれ少なかれ優しい言葉で語りかけたりする。ロンドンはそういうことをいっさいやらなかった。彼はいつも、あたかも犬の気高さを認識し、それを尊重し、当然視しているかのように犬に対して語りかけ、ふるまった。人間を見るとき同様、犬を見る際も、その美点を即座に見てとり、尊ぶ目を持っていた。

（Earle Labor, *Jack London: An American Life*, 2013, 第九章に引用。訳引用者）

だがもちろん、本書に収めたいくつかの作品からも明らかなように、ロンドンの世界には、人間、犬と並んで、もう一種、重要な動物が存在する。狼である。そしてロンドンにあって、犬と狼は連続している。大まかに言えば、犬が野生化すれば狼になり、狼が飼い馴らされ文明化すれば犬になる。文明が過酷な野生にさらされる北の地では、まさに「狼犬」が出現する。たとえば一九〇二年発表の短篇「老人たちの結束」では、インディアンとともに長年生きてきた犬が文字どおり「狼」と呼ばれ、白人たちが連れてきたひ弱な犬と対比されている。

わしらの犬は狼だった。皮が厚くてあたたかく、凍てつく寒さや嵐にも強かった。そして犬もそうならわしらもそうで、わしらも寒さや嵐に強かった。（中略）そこへある日、はじめての白人が来た。雪のなか、手と膝で這いつくばってやって来た。皮膚はぴんと張っていて、骨がその下で尖っていた。こんな人間見たことない、とわしらは思った。どんな奇妙な部族なのだろう、どんな土地の者なのだろう。そしてこの人間は弱かった。ものすごく、小さな子供みたいに弱かった。だからわしらは火のそばに場所を与え、下に敷けるようあたたかい毛皮も与え、子供にやるみたいに食べ物もやった。

そしてそいつは犬を一匹連れていた。なりはわしらの犬の三倍あって、すごく弱かった。毛は短くてあたたかくなく、尻尾は凍って先がもげてしまった。この奇妙な犬にもわしらは食べ物をやり、火のそばで寝かせてやり、わしらの犬たちが寄ってくると追い払った。そうしないと殺されてしまっただろうから。（訳引用者）

こうした弱い犬を連れた弱い人間が狡猾さを発揮し、歓待してくれたインディアンたちを搾取するわけだが、むろんそれは読者の共感を買いはしない。犬も人も狼的であるほど高貴である――これがロンドンの小説世界の一般則である。加えて、極寒のなか、犬は生きのびるが人は生きのびないといった展開が時に見られることもあわせて考えれば、ロンドンにおいては原則〈狼―犬―人間〉というヒエラルキーがあると言ってもあながち過言ではないだろう。ロンドン自身、親友ジョージ・スターリングへの手紙にはいつも"Wolf"と署名したし、カリフォルニアに建てた豪邸もWolf Houseと名づけた。狼はロンドンの理想的自我を体現していたのである。

一方、犬は、人間と対比されれば自然の側に立ち、人間が文明の側に立つが、狼との対比においては犬はむしろ文明の側に立つ。自然と文明の両方にかかわる中間的存在として、犬はロンドンの現実的自我の体現と見ることもできるだろう。ロンドン研究者ジョナサン・オーエルバックは、ロンドンは『マーティン・イーデン』をはじめとする自伝的作品の主人公たち以上に『野生の呼び声』のバックに自己を投影していると論じている。納得できる見解である。

狼は理想的自我を体現していても、狼だけでは物語にならない。物語を書く上で、ジャック・ロンドンは犬を必要とした。あるいは狼から物語を作るなら、狼が多かれ少なかれ「犬化」「人間化」する必要があった（長篇『白い牙』はその典型と言えるだろう）。むろん犬も、犬のままで安定していてはドラマはない。犬が狼的なものと、人間的なものに引き裂かれるとき、ジャック・ロンドンの典型的な劇的展開が生じる。本書では、犬がまさにそうした葛藤を生きる物語も収めたし、またそこからは少し外れて、人間と犬との対立をコミカルに描いた、ロンドン文学の中核にあるとは言わないがじゅうぶん独自の味わいがある作品もあわせて収めた。個々の作品について簡単に触れておく。

「ブラウン・ウルフ」(Brown Wolf)

雑誌 *Everybody's Magazine* 一九〇六年八月号初出。ロンドンの伝記作者アール・レイバーによれば、この主犬公は一九〇五年にロンドンが行なった船旅に同行させた犬(その名もまさに「ブラウン・ウルフ」)がモデルになっている。これはクロンダイクの住人から譲り受けた、狼の血が四分の一入った橇犬だったという。

「バタール」(Bâtard)

雑誌 *Cosmopolitan* 一九〇二年六月号初出。初出時のタイトルは"Diable, a Dog"(Diable はフランス語で「悪魔」の意)。長年親交のあったアンナ・ストランスキーに宛てた手紙によれば、ロンドンは「バタール」を書いたことで、その「姉妹篇」(companion)として「野生の呼び声」を書く気になったという。

ちなみにこの「姉妹篇」というのはたいへんロンドンらしい発想である。AとB(たとえば人間と動物、文明と自然、生と死)を対比させる際、彼はよく、ある作品では一方が勝つ展開を描き、別の作品では他方が勝つ展開を描いたのである。
近年の既訳としては『ジャック・ロンドン研究』第三号（日本ジャック・ロンドン協会、二〇一六年六月）掲載の小泉嘉輝訳がある。

「あのスポット」（That Spot）
雑誌 *Sunset* 一九〇八年二月号初出。リアリズムというよりはホラ話であり、人気作家ロンドンといえども売るにはだいぶ苦心した模様で、*Sunset* に買い取られる前に少なくとも八誌に断られていると思われる。とはいえ、ホラ話にはホラ話の楽しさがあり、個人的にはそう捨てたものではないと思う。
近年の既訳には『文芸表象論集 = Literary Arts and Representation』第四号（京都大学大学院人間・環境学研究科思想文化論講座文芸表象論分野、二〇一六年十二月）掲載の小泉嘉輝訳がある（これはオンラインで読める）。

「野生の呼び声」（The Call of the Wild）
週刊誌 *The Saturday Evening Post* に一九〇三年夏に四回に分けて掲載された。すでに述べたとおり当初は「バタール」の姉妹篇として構想され、「バタール」同様四千語程度の短篇となる予定だったが、いざ書いてみると、結局三万二千語を超える、ロンドンの生涯を通しての代表作となった。同年八月に単行本として出版されてベストセラーとなり、以来一度も絶版になっていない。

主犬公バックのモデルになったのは、前述のマーシャル・ボンドとその兄弟ルイスの飼っていた犬で、バックはセントバーナードとスコッチシェパードが両親だが、このモデルの方はバーナードとコリーを両親に持ち、名前は何と「ジャック」だった。

近年の既訳には光文社古典新訳文庫の深町眞理子訳（二〇〇七）がある。

「火を熾す」（To Build a Fire, 1902）

雑誌 *Youth's Companion* 一九〇二年五月二十九日号初出。名作とされる一九〇八年版と違い、こちらには犬が出てこないわけで、本来この本に入る「権利」はないのだが、すでに『火を熾す』と『アメリカン・マスターピース　古典篇』（柴田編訳、スイッチ・パブリッシング）に収録した〇八年版との違いはなかなか興味深いと思われるので、日本語訳では入手しにくい〇二年版をここに「付録」として掲載することにした。

犬が出てくる、出てこないというのが両者のひとつの大きな違いだが、もうひとつ誰もが指摘する大きな違いは、〇二年版では極寒を旅する男に「トム・ヴィンセント」と名前がついていたのに対し、〇八年版では単に「男」（the man）と呼ばれ、より普遍的な存在となっているという点である。〇八年版の草稿を見ると、はじめは Tom Vincent と書いたところに、太く鉛筆を入れて消し、the man と書き直してある。とにかく速筆で推敲をほとんどしなかったロンドンにしてはかなり珍しいことのようである（Jeanne Campbell Reesman, *Critical Companion to Jack London*, 2011, "To Build a Fire" の項）。

ジャック・ロンドンの邦訳に関しては、辻井栄滋氏による決定版選集（全六巻、本の友社）が何といっても大きな仕事だが、ここでは比較的入手しやすい近年の邦訳を以下に挙げる（右に挙げたものは除く）。

白い牙　白石佑光訳　新潮文庫（一九五八）
バベルの図書館5　死の同心円　井上謙治訳　国書刊行会（一九八八）
極北の地にて〔改訂版〕　辻井栄滋・大矢健訳　新樹社（二〇〇五）
ジャック・ロンドン幻想短編傑作集　有馬容子訳　彩流社（二〇〇八）
白い牙　深町眞理子訳　光文社古典新訳文庫（二〇〇九）
赤死病〔新版〕　辻井栄滋訳　新樹社（二〇一〇）
ジャック・ロンドン　多人種もの傑作短篇選　辻井栄滋・芳川敏博訳　明文書房（二〇一一）
「病者クーラウ」　村上春樹訳　MONKEY 第七号「古典復活」　スイッチ・パブリッシング（二〇一五）

ジャック・ロンドン　ショートセレクション　世界が若かったころ　千葉茂樹訳　ヨシタケシンスケ絵　理論社（二〇一七）

また、日本語で読める評伝・研究書などは、次のとおり。

アーヴィング・ストーン　**馬に乗った水夫――ジャック・ロンドン、創作と冒険と革命**　橋本福夫訳、大矢健エッセイ　早川書房（二〇〇六）
森孝晴　**ジャック・ロンドンと鹿児島――その相互の影響関係**　高城書房（二〇一四）
MONKEY 第四号「ジャック・ロンドン　新たに」　スイッチ・パブリッシング（二〇一四）
クラリス・スタッズ　**アメリカン・ドリーマーズ――チャーミアン・ロンドンとジャック・ロンドン**　大矢健・岡崎清・衣川清子・小古間甚一・小林一博訳　明文書房（二〇一七）

今回も明治大学の大矢健氏に貴重な助言をいただいた。また「野生の呼び声」冒頭に引用されたジョン・マイヤーズ・オハラ（一八七〇―一九四四）の詩「先祖返り」（Atavism）の翻訳は立教大学の小山太一氏にご協力いただいた。編集にはスイッチ・パブリッシングの足立菜穂子さんがロンドンへの愛情に満ちた有能さを発揮してくださった。みなさんにこの場を借りて感謝する。

四十年ちょっとの短い人生で、さまざまな営みに従事しながら、ロンドンは五十冊以上の著作を遺した。発見すべき作品はまだまだある。まずはこの翻訳叢書ロンドン第二巻を、『火を熾す』同様多くの方に楽しんでいただけますように。

初出一覧

※単行本化にあたって、加筆・訂正しています

ブラウン・ウルフ　すばる　二〇一五年四月号
バタール　訳し下ろし
あのスポット　訳し下ろし
野生の呼び声　*MONKEY*　二〇一四年第四号
火を熾す【一九〇二年版】　*Coyote*　二〇〇九年第三十四号

ジャック・ロンドン［Jack London］
1876年、サンフランシスコに生まれる。10代の頃から牡蠣密漁、漁船乗組員など職を転々としながら各地を放浪する。やがてゴールドラッシュにわくクロンダイク地方へ金鉱探しの旅に出る。そのときの越冬経験が、後に高い評価を得る小説『野生の呼び声』などの背景となる。『どん底の人びと』『白い牙』『マーティン　イーデン』など多作で知られ、1916年に40歳で他界するまでに50冊以上の作品を残した。

柴田元幸［しばた・もとゆき］
1954年、東京に生まれる。米文学者、東京大学名誉教授、翻訳家。ポール・オースター、スティーヴン・ミルハウザー、レベッカ・ブラウン、ブライアン・エヴンソンなどアメリカ現代作家を精力的に翻訳する。著書に『アメリカン・ナルシス』『ケンブリッジ・サーカス』など多数。編訳書に『ブリティッシュ&アイリッシュ・マスターピース』など。文芸誌MONKEYの責任編集を務める。

柴田元幸翻訳叢書
ジャック・ロンドン

犬 物 語

2017年10月28日　第1刷発行
2023年 6 月15日　第2刷発行

著 者
ジャック・ロンドン

訳 者
柴田元幸

発行者
新井敏記

発行所
株式会社スイッチ・パブリッシング
〒106-0031　東京都港区西麻布2-21-28
電話　03-5485-2100（代表）
http://www.switch-store.net

印刷・製本
株式会社精興社

ISBN978-4-88418-456-8　C0097　Printed in Japan